Antes todo esto era campo atrás

Antes todo esto era campo atrás

Pablo Lolaso

© 2021, Miguel Sánchez Pérez

Primera edición: abril de 2021

© de esta edición: 2021, Roca Editorial de Libros, S.L.
Av. Marquès de l'Argentera, 17. Pral.
08003 Barcelona
actualidad@rocaeditorial.com
www.rocalibros.com

Impreso por LIBERDÚPLEX, S. L. U.

ISBN: 978-84-121382-4-5
Depósito legal: B. 4598-2021
Código IBIC: FA; WSJM

Todos los derechos reservados. Esta publicación no puede ser reproducida, ni en todo ni en parte, ni registrada en o transmitida por, un sistema de recuperación de información, en ninguna forma ni por ningún medio, sea mecánico, fotoquímico, electrónico, magnético, electroóptico, por fotocopia, o cualquier otro, sin el permiso previo por escrito de la editorial.

RC38245

A Juan y Teresa, unos asistentes mejores
que John Stockton y Jason Williams.
Con los balones que me pasaron,
únicamente tuve que meter la canasta debajo del aro.

Nota del autor

Leí en un artículo de vete a saber dónde que el mapa del genoma del ratón es un noventa y nueve por ciento coincidente con el del ser humano. En la novela que vais a leer a continuación, yo soy el ratón y Pablo Laso es el humano. Nos parecemos solo en el nombre, pero ese «lol» conlleva unas diferencias abismales que dejan las similitudes con el original en la nada más absoluta.

A Pablo Laso le profeso una gran admiración, y no es, ni fue ni será mi intención faltarle al respeto con este personaje de ficción que inventé una calurosa y aburrida tarde de Twitter. Esto ni siquiera es un homenaje, es algo que nació como una parodia, pero que, al poco, se alejó tanto de la persona que me inspiró que ya nada tiene que ver con él. Espero y deseo que este libro se tome como lo que es: una historia ficticia que pretende entretener y hacer que el lector pase un rato divertido, y que nadie busque paralelismos con la vida real, porque quizá los encuentre, pero con la mía, no con la de Pablo Laso ni con la Liga Endesa. Es triste sentir la necesidad de aclararlo, pero así me evito tener que estar justificándolo cada vez que alguien me pregunte. Esto es una novela. Es ficción. Fin.

PRÓLOGO

*E*stoy en un avión, camino de alguna ciudad, de algún partido, de algún torneo, y me sorprendo a mí mismo diciendo… ¡voy a leer la novela de Pablo Lolaso! Sinceramente, lo primero que se me viene a la cabeza es Bukowski (sí, lo he leído), y me pregunto: ¿es posible que me enganche a este libro? Pues al final lo he leído entero, del tirón, en este mismo avión que os decía.

¿Es ficción? ¿Es realidad? No sé bien qué decir.

Es una combinación perfecta de una crítica, una parodia, una reflexión y una historia de la vida de alguien que podríamos ser cualquiera y que no tengo por qué ser yo, que conste. De un modo irreal, pero combinado.

Conocí a mi tocayo en un evento de una revista de baloncesto. Sabía quién era, obviamente había oído hablar mucho de él, incluso mis hijos me comentaban sus digamos curiosas intervenciones de Twitter. Nos saludamos, le presenté a mi mujer, se giró, llamó a la suya y me dijo: «Pues esta es la Lolasa». Creo que ahí me terminó de ganar del todo.

Su naturalidad en nuestro primer y único encuentro fue simple y sencilla, tal y como os lo cuento. Comentamos que hasta algún jugador le había escrito, pensándose que era yo. Y, por supuesto, también muchos seguidores le contestan y siguen pensando lo mismo, que soy yo el que escribe esas cosas que él pone y de las que no me responsabilizo. A día de hoy, por lo visto y a pesar de todo el tiempo que ha pasado y que incluso colabora en un programa de baloncesto y escribe una columna periodística, todavía le ocurre.

El deporte, en particular, y la vida, en general, han evolucionado muchísimo en todos los sentidos en las últimas décadas. Hoy en día, la información es inmediata. Y la opinión, la crítica, la alabanza vienen desde muchos más frentes. Y Pablo Lolaso ha conseguido ser parte de este mundo que rodea al baloncesto.

Podríamos decir que ha demostrado ser más que una simple parodia.

Pablo Laso

CAPÍTULO I

1

*H*ace mucho tiempo, ya he perdido la noción de cuánto, que no entreno a un equipo profesional. A ningún equipo, en general. La vida que llevo ahora, aquí, en el pueblo, es bastante sencilla: de casa al bar, del bar a por el pan, y de la panadería al bar otra vez. De vez en cuando, voy al bingo y hago alguna apuesta. Nada grave, no os preocupéis. Un bucle infinito de holgazanería, cerveza, vicio y grasas saturadas. Sí, estoy más gordo y más calvo de lo que recordáis.

Una pequeña parte de mí mantiene ese gusanillo por el baloncesto. Otra gran parte, que por el tamaño creo que se aloja en mi tripa, lo quiere lejos. Algunos recuerdos, difusos, me hacen tenerle casi repulsión. Otros, un poco más nítidos, a veces me llevan a navegar en la nostalgia. Vivo en un intenso y perpetuo partido contra mí mismo. Un partido que se prolonga con una prórroga tras otra. No tengo grabado a fuego cómo salí de todo aquello, pero sí sé que mi cuerpo siente escalofríos solo de pensar en mis últimos meses como entrenador profesional. No obstante, un tigre, igual que Lamar Odom, nunca pierde sus rayas.

Como todos sabréis, yo era muy bueno. Conseguí ganarme el respeto de mucha gente y el odio de otros tantos. Y si no las han borrado o arrancado, creo que escribí alguna página de la historia de nuestro deporte. Ahora, ya ves tú, apenas se me reconoce por la calle; de hecho, hay algunos que hasta se cambian de acera. Vale que mi aspecto físico, que bien podría asemejarse al de Walter White en la última temporada de *Breaking bad*, aunque con el peinado de Jesús Bonilla, no ayuda. No obstante, no creo que sea normal que tantas personas me hayan enviado a su papelera de reciclaje: tampoco ha pasado tanto tiempo.

2

Me levanto como cada mañana, a una hora indeterminada entre las diez y las doce. Me doy una ducha. Vale, me doy un agua. Me miro al espejo unos instantes. Me doy cierto asco y me debato entre afeitarme o salir a la calle directamente. Gana la segunda opción por mayoría absoluta en el Congreso, con los votos en contra de Bildu y la CUP.

Me gusta el aire fresco que se respira en el pueblo. Es de las pocas cosas buenas que tiene este sitio de mierda. Antes solía ser optimista. Siempre confiaba en que, al final, todo estaría bien; si no, es que no había llegado el final. De hecho, creo que esa frase tan cutre fue mi estado en alguna red social. Hasta pensé en tatuármela. Fueron años locos.

Suelo ir cada semana un par de veces a echar los Euromillones. Cierto es que en mi cuenta bancaria aparece una cifra seguida de otros seis dígitos, pero uno siempre quiere más. O quizá sea simple vicio. O rutina. Podría hacerlo desde el móvil, pero me gusta obligarme a salir de vez en cuando para coger un poco de vitamina D. Eso dicen, al menos, los que saben del tema ese de la salud. Lo que sí cojo, ya que salgo, es un poco de la vitamina que lleve la cebada fermentada. Stockton, Jordan, Magic, Jabbar y Jordan. Esos son los números que siempre juego. Sí, Jordan está dos veces. Algún día tocarán. Bien lo merecen. El primer recado ya está hecho. Mis obligaciones como ser humano han sido satisfechas. Ahora vamos al disfrute: un par de *milnueves* bien fresquitas en el bar del Pini. Qué frescas las pone, joder. Qué gusto.

En el bar suelo encontrarme a Pepe. No sé si os acordáis de Pepe. Es el de «Pepe, me cago en tu puta madre, la pizarra». Así, pero gritando durante un tiempo muerto. Y delante de toda España. Fue el delegado de mis equipos cuando estuve en la élite. Ahora, ya os digo, nos vemos en el bar a menudo. Pepe y yo no vivimos juntos, pero casi. Él tiene su casa, y yo, la mía, pero al final dos tiarrones de nuestra edad, aunque jamás vayamos a reconocerlo delante del otro ni de ningún fiscal general del Estado, no queremos estar solos. Y si yo no estoy en su casa, él está en la mía. Y si no estamos en casa, es que estamos con el codo en la barra. No. No somos pareja. Que no. Cuando dejé el baloncesto profesional, o cuando me dejó él a mí, Pepe fue un gran apoyo. Yo estuve muy perdido, al borde de la depresión y no sé si de algo más. No es que fuera un alcohólico, pero alguna noche sí que se me fue de las manos y amanecí inexplicablemente con una señal de tráfico en mi habitación y dolores extraños en sitios insospechados de mi columna vertebral. Y Pepe siempre estaba ahí para sujetarme ese amplio y despejado aeropuerto que tengo por frente. Mis recuerdos de aquella época son realmente translúcidos, como esos cristales verdes que se ponían antes en las puertas que separan el salón de la cocina. No termino de evocar cómo fue mi despedida del baloncesto ni cuál fue mi último partido. En fin, una cosa tengo clara: estaba acabado.

Le saludo sin mucho entusiasmo.

El Pepe que todos vimos por la tele en su día iba en traje y siempre acompañado de un iPad, bien peinado, con entradas prominentes, delgado, pero fofo. Físicamente se mantiene igual, pero pertenece a ese selecto grupo de personas que siempre va en chándal y que quizás, en un alarde muy grande de formalidad, hasta lo puede combinar con una camisa. Metida por dentro, eso sí. Y la única tecnología de la que va acompañado es un reloj calculadora. Un Casio, por supuesto. Esto último no es cierto, pero siempre le vacilo con que sería el complemento perfecto para él. Está contento. Y no me refiero a achispado, que también. Está feliz.

Después de hablar de alguna que otra banalidad termina por contarme el motivo de su moderna sonrisa. Lleva un tiempo medio enrolado en el club de baloncesto del pueblo. Una verdadera colección de patanes que exprime mucha fruta contra los tableros. Me alegro por él. Lo veo feliz, y su felicidad es mi felicidad. Por lo visto, en su alma aún queda un pequeño hueco dispuesto a revivir con el deporte de la pelota naranja. Igual este *mangurrián* ahora se cree que puede ser entrenador. Qué fácil se ve todo desde fuera.

3

Después de dos tercios… (vale, corrijo, después de cinco tercios), Pepe se calienta más de la cuenta. Me ofrece entrenar al primer equipo del club del pueblo. Me dice que ya lo tiene apalabrado con el presidente, que solo le quedaba hablarlo conmigo. El primer equipo, no vayáis a pensar, es un equipucho de una liga que cabalga entre la autonómica y la municipal, que no sé cuál es peor. La municipal es mala, pero nadie se la toma con demasiadas pretensiones. En la autonómica, sin embargo, aún quedan chavales muy flipados que se piensan que pueden dar el salto a la Liga de Desarrollo Americana. En ambas, eso sí, puedes encontrarte mamarrachos que hacen la rueda con los cascos puestos, gilipollas que juegan disfrazados de Larry Bird o niñatos que ponen *trap* en un altavoz debajo de la canasta mientras calientan.

Por lo que me cuenta, el equipo es malo de pelotas. Cuatro patanes mal contados. Cuatro patanes sin entrenador, porque el que tenían, por lo que sea, se ha ido. Y me acaba de ofrecer entrenarlos.

—No te voy a engañar, Pepe, me apetece una puta mierda —le digo.

Pero él insiste. Dice que me vendrá fetén, que me ve un poco perdido y que necesito algo con lo que llenar el tiempo. Que lleva semanas dándole vueltas a mi pésima rutina de vida, que no me ve bien y que no sé qué historias sobre mi salud, mi sobrepeso y su puta madre.

No le falta razón, claro está.

—Pepe, pero ¿qué cojones pinto yo entrenando a un equipo de gañanes? Entrénalos tú, que de tantos años a mi lado algo se te tuvo que pegar, ¿no?
—Te invito a comer al mesón, venga.

Qué listo es. Cómo me conoce. El estómago siempre es un lugar propicio para tratar de convencerme. Un gran chuletón y un buen zumo de uva entre pecho y espalda. A cada combinación de mordisco y sorbito me va apeteciendo más el plan. Joder, que lo veo. ¿Y si lo cojo? ¿Qué puede ir mal? El equipo ya es malo. Es de esperar que no haya muchas expectativas, por lo que a poco que encadenen tres o cuatro truquitos de los míos mejorarán y todos tan contentos. Rebotear, correr, ataques rápidos y muchos triples. Y que le den por el culo a los pívots. Eso funciona en todas las ligas.

—Empezamos a entrenar ya. Que sí, Pepe, que sí —le digo trabando un poco unas sílabas con otras.
—Pablo...
—Que voy bien para entrenar. Venga, llama a los chicos. Espera un momento..., son chicos, ¿verdad? —le digo con un tono de voz que anda entre Karmele Marchante y Poli Díaz.
—Sí, son chicos.

4

Salgo del asador y respiro ese aire que solo se respira en los pueblos de mierda como este: frescor, boniato asado y heces de vaca. En el fondo, ya con oxígeno en los pulmones, pienso que es mejor que me vaya a casa a descansar. Un ColaCao y una siesta, y como nuevo. Y ya veremos. «Ya veremos», la frase que más discusiones me trajo en mis años de casado.

Me despierto un poco sofocado. He soñado cosas de estas que sabes que te han perturbado, pero que luego no eres capaz de recordar. Le doy un par de vueltas, aún en la cama y con las manos dentro de los calzoncillos (por supuesto), y llego a la conclusión de que no sé si es buena idea coger ese equipo. Para qué cojones me habré dejado liar por Pepe. ¿Un entrenador trasnochado dirigiendo a un grupo de patanes para tratar de hacerlos triunfar? Eso se ha hecho muchas veces: *Campeones*, *Hoosiers*, *Ganar de cualquier manera*, Orenga con la selección de Egipto... Todos sabemos cómo acaban esas historias.

Me lavo la cara. Me pongo un café. Muy cargadito y concentrado en poca cantidad de agua. Creo que su nombre oficial es *ristretto*. Un corto, vaya. Os lo recomiendo. No negaré que a veces le echo un chorrito de whisky. Pero, bueno, eso ya, como veáis. El Pago de Carraovejas de este mediodía corre ya en forma de excreción por los Canales de Isabel II y el chuletón asoma la patita por debajo de la puerta. Y ahora, no sé, le he dicho a Pepe que sí, pero la idea me parece bastante descabellada. El baloncesto, además del alcohol, siempre corre por mis venas. El que nace lechón, muere cochino, que decía mi padre. Pero no sé qué hacer.

No es que tenga malos recuerdos del deporte que siempre amé, es que los tengo medio borrados. Me acuerdo de lo importante, claro está. Cada título, cada recepción con un político corrupto que quería hacerse la foto con nosotros y que, al día siguiente, con suerte, salía en las noticias para algo diferente a una mamarrachada dicha solo para contentar a su parroquia. Cada cóctel en el que tenía que darle manotazos a Pepe para que no se llenara los bolsillos de canapés. Cada americano al que pillaba con un poquito de maría en la mochila. Cada campeonato perdido. Cada momento chungo. Pero ¿qué pasó al final? Que todo se fue a la puta. Esos últimos instantes parecen haber sido arrancados de mi disco duro. Y no hice copia de seguridad. Y, visto lo visto, casi mejor.

No obstante, en el fondo, ¿qué pierdo por pasarme por el pabellón y ver qué tal caza la perrita? No sé si me estoy rayando más de la cuenta, pero, desde luego, no es un tema baladí. Si te comprometes a entrenar a un equipo, lo haces con todas las de la ley. Nada de medias tintas. Un momento, ¿tendrán pabellón? Espero no haber aceptado entrenar a un equipo de mierda y que además entrene al aire libre. Sé lo que es desollarte las rodillas en la cancha de San Viator tarde sí, tarde también. Por mucho que curta el carácter, y que al tacto no se te distinga la planta del pie de la palma de la mano, no se lo deseo a nadie. Jugar al baloncesto al aire libre está al nivel de volver a permitir que los profesores peguen de nuevo a sus alumnos. Y creo que a estas alturas de la vida ya debería estar meridianamente claro que el daño físico no tiene relación alguna con la formación.

Lo que sí es seguro que voy a hacer (y, además, lo voy a ejecutar ahora mismo) es cagar, que tengo ya a Ibaka colgado del aro. Defecar es uno de mis mayores placeres. Excretar en general, pero cagar en particular. A menudo, me pregunto si disfrutar tanto con la expulsión de contenido sólido más o menos cilíndrico significa que también lo gozaría con otros elementos de tamaño y forma parecida en sentido inverso.

Cosas mías.

Hago un intento por sentarme en el escritorio para preparar un poco el entrenamiento. Vale, hago un intento por pensar vagamente en el entrenamiento de mañana mientras me como una pizza en el sofá. Congelada. Pasa un minuto y no se me ocurre nada. No me apetece pensar. Estoy absolutamente oxidado. A tomar por culo, mañana improviso cualquier mierda. Años preparándome temporadas enteras, cuadrando picos de intensidad con diciembres en los que el equipo estaba para los leones para acabar así: solo, gordo y más espeso que una sopa de Titanlux. En fin, me voy a la cama.

Después de jugar un siempre efectivo cinco contra uno, me dispongo, por fin, a tomarme en serio el tema este de dormir. Mañana va a ser un día largo. Diferente, al menos. Saldré de la rutina, y eso es un gran paso.

Un paso de resultado imprevisible.

5

Mi primera intención era dormir hasta bien entrado el mediodía, pero el cuerpo manda. Y el cuerpo me ha enviado mala circulación sanguínea, sueño ligero y pesadillas varias de esas que no sabes muy bien qué significan, que ni siquiera perduran en tu memoria unos segundos, pero que sabes que han venido para joderte la noche. Me voy a por café. Aún quedan doce horas para mi primer entrenamiento con mi nuevo y flamante equipo de mierda. Estoy nervioso. Pero ¿y si al final saco algo positivo de toda esta experiencia? ¿Y si, por el contrario, acaba en desgracia? Yo qué sé, un infarto o algo. En cualquier caso, un *Informe Robinson* lo tengo prácticamente asegurado. Una entrevistita en *Tiempo de Juego*. En *Buenafuente*, si todo sale medio bien. Y de ahí quizá la gente vuelva a reconocerme por la calle. Ducharme y afeitarme también ayudaría, todo hay que decirlo.

Cuando uno se desvela, son pocas las opciones de ocio que encuentra. Una de ellas ya la gasté antes de dormirme, y no tengo cuerpo para más de un sobreesfuerzo individual diario. Y sí, estoy llamando «desvelarse» a despertarme a las ocho de la mañana. Tendré que comer, digo yo. Será esto lo que hace la gente normal. Es, de hecho, lo que hacía cuando era un profesional. Cuando era profesional. Hay que hacer tiempo. Hacer la compra. Comer. Quizá llamar a mi hijo. No sé. Vivir, vaya.

Desde que nació Mikel, hace ya una década y pico, noto que he puesto la vida en velocidad de crucero y que los acontecimientos me van arrastrando sin que pueda hacer demasiado por darle al *pause*. Me conformaría con un poco de *slow motion*. Pero nada. La vida pasa delante de mí como esas imágenes superpuestas que el iPhone hace de un paisaje.

6

Tinder es un inventazo para gente como yo, sola. Para gente, como yo, con pereza extrema para salir al mundo real a entablar contactos en frío. Eso es producto de otra época. Y de otra gente. Eso es cosa de guapos. Los gorditos, feos y calvos no podemos hacer eso. A no ser que tengamos mucha labia o mucha jeta. O vayamos muy borrachos. Y que ella también vaya

muy borracha. Son demasiados factores que tener en cuenta. Mejor Tinder, dónde va a parar. Paso, paso, paso, paso, *match*, paso, paso, paso, paso, paso. De tantos pasos, bien podría ser un partido de balonmano. O de la NBA. Pero, entre tanto, de vez en cuando, surge algo. Y un día, hace ya no sé cuánto, surgió Mayra, una dominicana divorciada y con dos hijos con la que mato algún rato y desgasto, aún más, mi ya maltrecha cadera. Quedamos de higos a brevas, nunca mejor dicho, pero ya está. No quiero, y creo que no debo, saber demasiado. Ni me planteo siquiera ir a comer con ella un día. Nuestra relación consiste en quedar, beber un poco, que ella me llame «papá» con un acento muy marcado y característico en la segunda a...
Y follamos.
No hay más.
Y no es poco.
Echo mucho de menos a Mikel, todo hay que decirlo. Para perder a mi mujer estaba relativamente mentalizado. Yo era un bragas, viajaba mucho y trabajaba más de lo que viajaba, y no estuve donde había que estar. Y ahora ella no está y aquí estoy yo contándoos mis miserias. Pero a un hijo siempre quieres tenerlo cerca. O sentirlo cerca, al menos. El chiquillo ahora me guarda un poco de rencor, como es lógico, porque fui, soy y seré un mal padre. Está a sus movidas, estudiando en Estados Unidos. Al final volverá. Siempre vuelven. O eso espero.

7

La comunicación con él es muy difícil. A su *tardoadolescencia* del primer mundo se le unen un padre gilipollas, una madre ausente y miles de kilómetros de distancia. Hago lo que puedo, ¿vale? Decido llamarle. No, decido mandarle un audio. Mejor un WhatsApp normal, que los audios, como a cualquier ser humano decente y normal, me dan un asco tremendo. Después de los saludos banales y, por su parte, fríos y distantes, decido contarle que voy a volver a entrenar. Alucina, claro.

«Papá, la última vez que entrenaste, te echaron, te abuchearon, hiciste el ridículo y nos dejaste en ridículo a todos los que te queremos. Por favor, déjalo ya.»

«Joder, hijo. Siempre tan positivo. Gracias.»

«Haz lo que te dé la gana, papá. Como siempre, vaya. Y pasa de mí.»

Entre unos y otros, al final me están tocando los cojones. No paro de darle vueltas. ¿Será buena idea pasarme por el pabellón y tratar de entrenar a esa supuesta panda de inútiles? No tengo nada que perder, pero, por supuesto, tampoco nada que ganar. Ni nada que demostrar. Lo que sí es cierto es que no tengo nada mejor que hacer. Entre birra y birra, amor de contrabando y telebasura a deshoras puedo hacer un esfuerzo por sentirme un poco útil y hacer algo por esos chavales. Pero lo cierto es que asimilar lo que me ha dicho mi hijo es muy duro.

Menudo hijo de puta.

Con perdón, cariño.

8

El pabellón no está nada mal. Raro fue el concejal de deportes que, con el *boom* inmobiliario de principios de siglo, no construyó un complejo deportivo y le puso el nombre de un deportista mediocre de la localidad. Así que aquí estoy, frente al Polideportivo Municipal Víctor Seda. En la entrada, un gran vestíbulo que da acceso a varias estancias: la pista, la garita, las escaleras que llevan a la grada y lo que parece una sala de *fitness* que desprende olor a sudor, veo a tres personas que están charlando. Por la vestimenta, diría que uno es el conserje, el otro es entrenador y no sabría identificar la profesión del gordo con una gorra de Porsche y zapatos negros con calcetines blancos. Solo espero que no sea el presidente.

Entro con la esperanza de que nadie me reconozca. O de que nadie se acuerde de mí, que es más triste, pero que, para el caso, es lo mismo. O mejor. Aparece Pepe, que ya pululaba por allí, y me los presenta. Acerté en mis dos primeros análisis. Y de ese tercer hombre ya hablaremos cuando tenga más datos sobre él. Pero es un tipo extraño. Trato de entablar conversación con el que parece, y efectivamente es, entrenador. Al fin y al cabo, con él es con quien puedo tener más en común. Por la edad que aparenta, diría que ya lleva años en la profesión. Entradito también en chicha, un poco más bajito que yo, ojos azules, pelazo blanco y denso. Menudo cabrón. Y pinta de arregladito y bien hablado.

—Entonces tú, ¿a qué equipo entrenas? —le digo tras las presentaciones, con ánimo de romper el hielo.

—A uno de la misma categoría que el tuyo, Pablo.

—Ah, ¿que tenemos varios equipos en la misma categoría? —le digo, sorprendido.

—En este pueblo hay muchos equipos. Aún no sé de dónde sale tanto tío con ganas de darle manotazos a un balón. Pero ahí están.

—Joder, qué club más extraño.

—¿Club? En este pueblo, el único club que hay tiene muchas luces rojas en la puerta.

La conversación resulta desconcertante. Este tipo parece estar muerto por dentro. Vacío. Es un témpano de hielo. A pesar de las similitudes que parecen tener nuestras vidas, no muestra ni el más mínimo ápice de empatía ante un colega que va a retomar en breve su contacto con el baloncesto. Me debato entre pasar de él, insistirle una vez más o mandarle un poco a tomar por culo. Y después pasar de él.

Un poco de esto, un poco de aquello, la actualidad, el pasado, el equipo en el que él ya está y en el que parece que yo me voy a meter en breves instantes. Nada. Sin sustancia.

Pero.

El caso es que este tío me suena. Me resulta muy familiar. Diría que lo conozco de algo, pero no termino de caer. El tipo sabe de lo que habla. Da la impresión de que lleva ya un tiempo aquí. No sé.

—Permíteme que insista —se me escapa decírselo con tono de Matías Prats, pero no pilla la broma (el chiste quizá ya haya prescrito)—, pero no termino de entender que este pueblo de mierda tenga tantos equipos.

—Insiste lo que quieras, Pablo. Yo no le doy muchas vueltas a mi vida. Un amigo mío me ofreció esto y acepté. Sin más. No tengo más información que tú. Y tampoco la necesito.

—Quizá sean cosas mías —me rindo—. Me voy a entrenar, pues.

—Haces bien. Disfruta.

El caso es que me suena mucho, joder.

El pueblo en el que vivo no es pequeño. Tampoco grande. Con el éxodo rural de la España Vaciada, la gente se empezó a acumular en urbes crecientes que orbitaban en torno a ciudades más grandes y era (y lo sigue siendo) difícil poner la linde del fin de un pueblo y del comienzo del siguiente. Mi vida es mi barrio. Mi patria es mi manzana, como decía el padre de Martín Hache en la película de título homónimo. Como todos, ¿no? No necesito conocer mucho más si lo tengo todo a mano. Pero será que esto que ven mis ojos, que seguro que, como todo, antes era campo, esconde a más gente de la que creí en un primer momento.

—Perdona, lo último ya —le digo ya hasta con vergüenza.

—Dime.

—¿Cómo te llamas?

—Xavier.

Xavier, eh.

Me suena.

CAPÍTULO II

9

*T*ras aquel vestíbulo y aquellos accesos cruzo por el pasillo que conduce a los vestuarios. Trago ese olor que emulsiona la humedad, los pies, el sudor y los retretes con zurraspas. Un banco de tres listones de madera al que le falta un trozo del tercero da acomodo a un calcetín abandonado con dos rayas rojas, una azul y el dibujo de una raqueta de tenis atravesándolo todo. Un señor mayor, que por el hedor a cloro y la toalla del Decathlon que cuelga de su hombro derecho deduzco que acaba de hacer natación, me muestra, sin pretenderlo, un pene que probablemente lleve años sin ponerse erecto. No quiero mirar, pero a la vez no puedo evitarlo. Con ese prepucio Molten podría surtir de balones a la cantera del Joventut de Badalona. Le hago una mueca que pretende emular un saludo discreto. Me corresponde mientras se ahueca el culo para secárselo flexionando un poco las rodillas. Huyo. Doy con una especie de pasadizo que, por fin, da acceso a la cancha.

Típico polideportivo dividido en tres partes. En un tercio, voleibol femenino; en el segundo, unos chavales entrenan al baloncesto, calculo que serán cadetes; y en el tercer tercio, valga la redundancia, un heterogéneo grupo de adultos juega anárquicamente a tirar mandarinas desde medio campo. Estos hijos de puta deben de ser mis hombres. Pepe está con ellos. Pepe siempre está. No ha perdido esa frescura y velocidad que le hacen anticiparse siempre a lo que necesito. Como Robin a Batman, como Sancho a Don Quijote o como el Instant Replay al Barcelona. Pepe me pone más o menos al día de la situación del equipo. Y a la palabra «equipo» le podemos poner dos comillas como las Torres Kio al principio y al final. Lo cierto es que no le presto atención y no me entero de una puta mierda. Estoy completamente absorto viendo a mis futuros jugadores lanzando almendras y toda clase de frutos secos contra un tablero que aguanta el tipo como un periodista de esos a los que mandan a cubrir la gota fría a Dénia ataviados con un paraguas de los chinos. Un comentario de Pepe me reconecta con la realidad.

—Te dije que esto era sin cobrar, ¿no?

—Pepe, me cago en tu puta madre, macho.

10

No puedo parar de mirar al gordo. Para su condición, se mueve aceptablemente bien. Y tampoco puedo parar de mirar sus manos, que también son muy gordas, realmente gordas. Parece un auténtico muestrario de pollas. Te dan ganas de agarrarle un dedo y que te lleve de paseo. Y al negro. ¡Tenemos un negro! Bueno, dos. Pero uno de ellos…, espera, ¿está entrenando sin gayumbos? Ese contoneo púbico cuando corre no es normal. Al cabrón le baila el rabo de lado a lado cada vez que va a por la pelota. No tiene mal tiro. Hay uno que a todas luces se cree mejor de lo que es: medias hasta arriba, una movida de esas que le tapa solo un brazo y que sirve únicamente para creerte que molas más y una actitud corporal que dice «dámela que la meto». Pero lo que pasa es que se la dan y no la mete. Es lo que se llama el «síndrome Clay Tucker». Que parece que sí, pero no. Observo que hay uno muy viejo, que tiene las manos apoyadas en las rodillas. Y hay otro muy joven. El yin y el yang. El yin y el yayo. Otro que debe de medir uno punto sesenta y cinco pero que hace gestos como pidiéndola arriba para hacer un mate. Tremendo. Me aguanto un poco la risa. Al final, todo esto será hasta divertido.

Los reúno.

Me presento.

Diría que les sueno.

Hacen gestos y cuchichean; supongo que estarán dilucidando si soy quien creen que soy. De primeras, poca charla. Quiero ver cómo juegan. Una especie de evaluación inicial para ver qué se puede hacer. Trato de explicarles cómo se juega a un «once».

—Tres contra dos continuo con cuatro jugadores esperando en las esquinas. El que coge el rebote ataca a la otra pista con los dos de los laterales. Fácil, ¿no?

Por sus caras deduzco que no han tenido buenos entrenadores en su recorrido vital hasta llegar aquí. Pueden dar gracias, eso sí, de que están conmigo y no con *coach* Kaminski, que en paz descanse. Era buen tipo y un gran entrenador, pero demasiado estricto y analítico. Al final, esto es un juego. Tanta exigencia y tanto grito acabaron por llevarse a ese pobre diablo antes de tiempo. Que Naismith lo tenga en su gloria.

—A tomar por el culo el «once». Esto es una puta mierda. Todos al círculo.

Vienen al círculo.

—Sé que no esperabais y que no os hace ni puta gracia tener que aguantarme, pero tengo un *spoiler* para vosotros: yo tampoco.

—Pero, entrenador...

—¿Entrenador? Deja de ver películas americanas, anda. Y llámame Pablo.

Si algo no soporto del mundo del baloncesto es a los *flipaos*. Y por encima de todos a los *flipaos* que encima juegan como el culo.

Los organizo en dos grupos con un criterio bastante estándar: cada equipo con un bajito, un gordo, un alto, un negro y un paquete. Los dos que sobran, a la banda. A jugar.

Después de quince minutos en los que el resultado bien podría asemejarse a una manifestación en la Vía Laietana por la cantidad de esguinces, lanzamientos de adoquines y traumatismos craneoencefálicos, me veo en condiciones de ir sacando conclusiones. Son malos, sí, pero algo se puede rascar. Uno de los negros las mete, y el otro podría matarte antes de dejar que se la metan. Estoy hablando de baloncesto, pero es un comentario que encaja también con su doble sentido. Por cierto, que son hermanos. Y dominicanos. El gordo de manos ídem no se mueve mal. Estar gordo ya es un plus para el nivel que intuyo de la liga en la que estamos. Ocupar centímetros cuadrados, y cúbicos, en la pintura es importante para este deporte. Hay dos, como ya dije, que juegan por encima de sus posibilidades. Su cerebro les hace creer que son Harden y LeBron, pero su motricidad es la de Fernando Romay y Mariano Mariano. El viejo, si admitimos como tal a un tipo de treinta y seis, es el clásico milongas que te habla de todo lo bueno que él era, pero que ya no lo es; y que te comenta con pelos y señales todos esos equipos buenos en los que jugó, pero en los que ya no está. Malo y brasas. El combo insoportable. El joven, por contra, es puro ímpetu. No ha venido aquí a quejarse de nada ni a contarte ninguna historia. Eso sí, antes o después tendrá que soportar que alguien le golpee con el pene en los vestuarios.

Esto funciona así.

A vuela pluma diría que no somos los Lakers de Magic Johnson, pero que tampoco somos los Lakers de Lonzo Ball.

11

Veo que el tipo de la gorra de Porsche está sentado a caballo entre nuestra pista y la contigua, con un ojo en cada una, cual Fernando Trueba haciendo de juez de pista en un partido de tenis. ¿Al final eran cadetes? No lo sé, la verdad. Cometo el terrible error de entablar contacto visual con él. Levanta sus fláccidas nalgas del banco y veo cómo camina arrastrando sus pies zambos hacia mí. Ya desde varios metros puedo ver un trozo de perejil entre el paleto izquierdo y su colmillo adyacente. Le saludo con falso cariño. Apretón de manos y pregunta de cortesía. Se llama Joseantonio, así, todo seguido, como el falangista. Pero me aclara que mucha gente le llama el Maki, pero que no le gusta un puto pelo, puntualiza. No alcanzo a entender por qué, le digo mientras rememoro en mi cabeza la serie de Pepe Rubianes. Esbozo una sonrisa. Qué cabrona es la gente, le digo para tratar de solidarizarme.

—Tengo tres coches, pero vengo andando porque me lo ha recomendado el endocrino. Por la diabetes, ya sabes. Trabajo en las oficinas centrales de Google. Mi pasión son las motos. Las carreras, digo. Sigo la NBA todas las noches. También estoy un poco metido en política, en el Ayuntamiento. Y las tardes las paso aquí en el pabellón, por amor al arte. Me gusta mucho estar con los chavales, ya sabes, me hacen sentir joven.

Madre mía, cómo bullen las palabras de su boca. Le ha faltado decirme que es abogado, testigo de Jehová, transexual y que está embarazado de gemelos. Es un tipo desconcertante. Sabe muchas cosas, pero parece que las memorizó ayer viendo tutoriales en YouTube. Es difícil discriminar entre la realidad y la ficción de todas las historias que me va contando.

—¿Y tú qué tal? ¿Qué pasa? ¿Cómo ha ido el primer día?

—Bueno, de hecho aún no hemos terminado…

De primeras, la gente tan efusiva, cuando no les has dado confianza, me provoca bastante rechazo.

—Es verdad, es verdad. Bueno, te dejo, son un equipo majete, eh. El único que se sale un poco de madre es Melvin, ya te habrán…

Dejo de escucharle. O de oírle. Nunca recuerdo la diferencia entre oír y escuchar. El caso es que mi mirada, y mi mente, se clavan en el entrenamiento de los cadetes. Lo que yo creo que son los cadetes. Durante unos instantes que podrían haber sido varios minutos, solo habla Joseantonio. No os puedo decir qué clase de banalidades dice porque no me entero de nada. Es como si estuviera hablando debajo del agua. Le callo.

—¿Cómo se llama el entrenador del cadete?

—¿Este?

—Sí, ese —le digo señalando al señor mayor, con gafitas y silbato en el esternón que corrige enérgicamente un ejercicio a sus jugadores.
—Luis. Pero son los infantiles.
Luis.
Me suena.

CAPÍTULO III

12

Vuelvo a casa y, en la zozobra de mi corazón, me voy topando con muchas tentaciones que en teoría ya iba teniendo superadas. Alguna recaidita de vez en cuando, pero ¿quién no ha hecho travesuras? Casas de apuestas, bares de copas, bares de «copas» y también una combinación perversa de locales de apuestas con «copas». El siglo XXI está siendo muy duro para la gente con tendencia a las adicciones fáciles. Trato de pensar en baloncesto. Creía que no, pero el simple contacto con lo que siempre fue mi vida me ha hecho verlo todo con otros ojos. Para mí, pensar en baloncesto siempre fue la manera de poner la mente en blanco. Poner la mente en naranja, en este caso. O en mandarina. Hace ya dos o tres décadas, aprendí en un curso bastante *mierder* de *mindfulness* que la mente no se puede dejar en blanco. Así que yo empecé a practicar con otra gama de pantones.

No obstante, son un par de kilómetros andando. Me propuse ir caminando a los sitios cuando el médico empezó a joderme la vida. Este es mi ejercicio. Y dos kilómetros, al ritmo al que voy, dan para muchas reflexiones. Me acerco al quicio de la puerta de ese lugar perverso que os decía. Percibo un olor similar al que horas antes volaba por mis fosas nasales en los vestuarios del Víctor Seda, pero añadiendo pequeñas trazas de colonia barata. Si huele así, peor sabrá, digo en voz baja. Escalofríos. Mejor me voy. Ya sé cómo acaba todo esto si me quedo. Mi mujer estaría orgullosa de mi evolución.

13

Ya en casa, en la tele están emitiendo el típico programa resumen de la jornada europea de baloncesto. Todo me resulta demasiado ajeno para llevar tan solo unos pocos años fuera. ¿Años? Sí, años, ¿no? No sé, la verdad es que encuentro mi salida de la primera línea de los focos un poco opaca en esta hermosa cabeza vasca que dios me ha dado. El tratamiento de la información me hace reflexionar sobre lo impersonal que se ha vuelto todo. Más que una liga de baloncesto, aquello me recuerda a un *Gran Hermano Vip* con gente muy alta, muchos negros y ningún representante del colectivo LGTBI. Ninguno declarado, al menos. Todo vale con tal de resucitar las audiencias. Qué pena. Atrás quedaron los años en los que intenté implantar un baloncesto atractivo y tratar así de atraer gente con ganas de disfrutar de un espectáculo mejor. No sé. Por lo que veo en eso que parece ser una especie de *El día después* de las manos, las plantillas tienen ahora ocho jugadores y juegan partidos cada dos días. Hay cámaras en los vestuarios y en los entrenamientos. Se hacen tertulias con jugadores que se enfrentan dialécticamente entre ellos. Pero ¿qué cojones estoy viendo? ¿Qué ha pasado con el mundo del baloncesto? ¿Qué ha pasado con mi mundo? No sé si realmente quiero saber más. Yo ya no pertenezco a ese circo. Allá ellos.

Pepe viene a casa. Le dije que viniera para comentar un poco el día. Trae pizzas. Cómo me conoce, el muy cabrón. Es el polo opuesto a los consejos universales sanitarios establecidos por la OMS. Él, como siempre hizo con todo, me lo vende como un producto sano. Que una pizza no es mala *per se*, me dice. Que todo depende de la materia prima que utilices. Una buena harina, molida a piedra, e ingredientes naturales horneados a ciento ochenta grados de calor de madera de haya.

—Que sí, que sí, que es de jamón y queso como siempre, ¿no? Pues déjate de milongas, mamarracho.

El idiota este se piensa que va a estar Nicola, el pizzero, moliendo el trigo con un canto rodado. Vamos, no me jodas. Hablamos del entrenamiento. Nota mi entusiasmo. A ver, entusiasmo tampoco, pero venía de una situación vital en la que me entretenía viendo deslizarse las gotas del sudor por mi esternón para acumularse en mi ombligo como si aquello fuera un pantano que después pudiera venir a inaugurar el exhumado. Cualquier cosa que me sacara de ese submundo podría llegar a excitarme. También le comento un poco lo que he visto en la tele antes de que él llegara. Cuando quiere, es un libro abierto, pero también es un tipo muy metido para dentro. Cada vez más.

—No sé, tío. Es normal. A nosotros nos veían cuatro gatos. Se vieron obligados a cambiar el chip. No sé, digo yo.

—Ya. Claro —le digo; «Ni sí, digui yi», pienso.

—Sí. O no. Yo que sé —me dice insistiendo en su supuesta ignorancia.

A Pepe le tenía que haber dado una hostia el día aquel que no tuvo la pizarra preparada y me cagué en su puta madre delante de toda España. Bueno, delante de cuatro gatos, según él. Ahora ya no me queda más remedio que aguantarle. Aunque solo sea para que me traiga comida basura cada noche. Irremediablemente, eso sí, empiezo a sospechar que todo ha cambiado más de lo que debería. Más de lo que recuerdo.

—No le des tampoco demasiadas vueltas, Pablo. Los tiempos cambian, ya está. Anda, cómete la última porción, apura esa birra y a dormir.

Me como la última porción.

Apuro las últimas gotas de la cerveza.

Y me duermo.

14

Soy de ese tipo de personas que tiene dos horas diferentes para despertarse por las mañanas: una es cuando abro los ojos; otra cuando me levanto de la cama, normalmente con varias decenas de minutos entre la primera y la segunda. Abro un ojo, legañoso. En el otro, un párpado se ha pegado al vecino del piso de arriba en una suerte de resecas lágrimas nocturnas que han actuado como una especie de Loctite. Boca seca, como si hubiera bebido de más. Ligero dolor de cabeza, posiblemente provocado por falta de hidratación. Afortunadamente, duermo siempre con un vaso de agua en la mesilla. No, no es para la dentadura, hijos de puta. Bebo y cojo el móvil a la que me giro.

Instagram. Paso unas cuantas historias hasta que llego a las de la nueva chica BasketLover. Noto una ligera acumulación de sangre en una parte de mi cuerpo, y a la vez mi cerebro se vuelve a quejar de la deshidratación. «¿Para esto me das un vaso de agua? ¿Para que ahora centremos todo nuestro esfuerzo en otro lado?», me imagino que pensará. Con esta chica no tengo nada que hacer, así que lo mejor será cambiar de aplicación. Sí, estoy enganchado al Tinder. Yo creo que la sociedad lo tiene mal conceptuado desde sus orígenes. Para la gente, como yo, que está sola y que tiene abultados (no es una metáfora, aunque podría) problemas para entablar relaciones en la vida real, es pura gloria. Es fantasía. Es como vivir en *Black Mirror*. En San Junípero. Mira qué interesante esta. Divorciada. Trabajo estable. Divertida, o eso dice. Amiga de sus amigos. Con ganas de conocer gente guay. ¿No me digas? Y con ganas de dejarse conocer. Eso está mejor. Se llama Mavi.

«Ey», le digo rompiendo el hielo.

«Hola. Pablo, ¿no?», me dice, y yo leo con tono melosón.

—Sí, mejor por aquí —apunto, refiriéndome al WhatsApp, después de haber traspasado ya la frontera de la cortesía a través de la pantalla inicial—, que por la app es muy impersonal.»

«Sí. Je.»

«¿Qué haces? ¿A qué te dedicas? Dios, soy horrible ligando.»

«Eres bastante malo, sí. Pues trabajo en Correos. Luego hago otras cosas para sacarme un... extra.»

No puede ser lo que estoy pensando. No puede ser.

«Eso está bien.»

No sé muy bien cómo seguir. ¿Le hablo de cualquier bobada? ¿Quedamos? Yo que sé.

«No sé muy bien cómo seguir. ¿Hablamos de cualquier bobada o somos sinceros y organizamos una especie de cita?»

«Hombre, Pablo. Los dos tenemos la aplicación descargada por lo mismo.»

«Sí, por conocer gente y tal.»

«Yo hablaba más bien de follar.»

«¡Hostia! Esa no la he visto venir.»

«Mañana no voy a poder quedar, por la mañana trabajo, y la tarde ya la tengo ocupada.»

«Bueno, ya concretaremos, sin prisa, pero sin pausa.»

Tampoco es que me muera de ganas, aunque parece que voy a tener una cita con ella. No es a ciegas, pero no tengo excesivas esperanzas de encontrarme al cien por cien con la Mavi de las fotos, y, de todos modos, soy lo suficientemente adulto como para no fijarme solo en el físico de las mujeres. Todos camuflamos un poco nuestras taras. En mi perfil, por ejemplo, no se ve que estoy calvo. Maravillas del enfoque.

Afortunadamente, hoy en día se valoran otras cosas más allá de la efímera belleza. Y que tampoco estoy yo para hostias. Mañana será otro día. Mientras tanto, sigo dándole con la yema del dedo al coltán.

Y un cinco contra uno antes de dormir, que no falte. Mi juego favorito.

15

Esta tarde tenemos el primer partido bajo la estricta vara de mi dirección. Ya llevamos varios entrenamientos en los que hemos podido ir puliendo algún detalle. He empezado por lo básico: mucha técnica individual, ejercicios de tiro y cinco contra cinco. De momento, me conformo con que cada ataque acabe con un tiro a canasta, con que nadie cometa una antideportiva cada vez que pierde el balón y con que ninguno trate de hacer cosas que no sabe hacer. Los altos, al poste, nada de tirar triples. Los exteriores, a correr. Los paquetes, al banquillo. Y los negros, a lo suyo. Solo con eso ya me doy con un canto en los dientes. Lo más divertido de todo es hablar con ellos. Me sueltan cada brasa impresionante. A menudo, tengo que ejercer de psicólogo con ellos. Hay un grupito al que le gusta bromear con las madres de los otros. No sé, cosas de veinteañeros.

—Chaval, no me has metido ninguna desde que te estoy defendiendo.

—¿Sabes a quién sí se la he estado metiendo?

Y se retroalimentan con ese tipo de humor. Siguen.

—Oye, ¿y es verdad eso que dicen de que tu madre se ha cambiado de nombre? —le contesta.

—Sí, que antes se llamaba Manolo, ¿no? —dice el de al lado, y arranca una carcajada generalizada mientras el hijo de la que antes supuestamente se llamaba Manolo se aleja haciendo el Gangnam Style.

Voy ya camino del pabellón después de un día en el que, ciertamente, no he hecho nada interesante. A destacar, eso sí, tres visitas muy fluidas al retrete. Ya veis, soy de esos a los que se le agarran los nervios a la tripa. Como aquella vez en ese pabellón de mala muerte en el que me tuve que acabar limpiando con la camiseta de un jugador al que luego forcé a discutir conmigo en público, para así justificar la tremenda bronca que le eché y, de ese modo, castigarle sin jugar para que no necesitara usar la camiseta que tenía pringada de mis heces. Y la vuelta a los ruedos, o al rectángulo de veintiocho por quince, me provoca un gusanillo en el estómago mitad expectación, mitad ansiedad. En fin, soy el clásico cagón.

A los chavales les dije que estuvieran en la pista ya cambiados y preparados cuarenta y cinco minutos antes del partido. Lo estándar. Yo, siguiendo las enseñanzas ultrapuntuales de mi familia, me presento allí con hora y cuarto de antelación. Obviamente, no hay nadie. ¿Y ahora qué cojones hago hasta que lleguen? En media horita me puedo tomar un par de botellines bien fresquitos perfectamente, por qué no. Así templo un poquito esta agonía interna. Y a nivel intestinal siempre me ha sentado de maravilla. El pH se me regula que da gloria.

El bar de Ángel es una tasca clásica de los noventa, con cáscaras de cacahuete, cabezas de gambas, muchos huesos de aceituna en el suelo, serrín en alguna esquina y beodos que se aferran a su jarra con mucho más ímpetu que a sus eternos y muertos matrimonios. La máquina tragaperras, a pesar de los esfuerzos de Gobiernos de diversos colores, trabaja a pleno rendimiento en el hueco que separa el impoluto e inútil baño de mujeres del decrépito y pestilente del sexo opuesto. No hablo con nadie. No me gusta ir a los bares a hablar. Me gusta ir a ensimismarme. Y a beber, claro. A beber mientras escucho a los demás, como mucho. Un par de ancianos que, por su físico, podrían ser unos Tip y Coll en chándal y sudadera, departen amistosamente de lo que podría ser baloncesto o la calificación que le pondrían a una mujer que están viendo en la tele.

—Que te digo yo que era un cuatro, joder.

—Pero cómo va a ser un cuatro, si de toda la vida de dios fue un tres.

De pronto, enmudecen y establecen contacto visual conmigo. Nos miramos fijamente durante apenas unas décimas de segundo. Suficientes para que los tres nos sintamos incómodos. Vuelvo la vista a la espuma de mi jarra y me hago el orejas.

Por dentro le doy vueltas a mi vida. Y al partido. ¿A quién saco de inicio? ¿Qué les digo en la charla? ¿Zona o individual? Parece casi como si se me hubiera olvidado todo. Mi pesadilla más recurrente ha sido siempre ir a dirigir un partido y que los jugadores pasen olímpicamente de mí.

Que no se haga realidad, por dios.

—Venga, Ángel, una rapidita. Y sin tapa, que me inflo.

Tres botellines resulta la medida exacta para aplacar los nervios sin perder la compostura. Más o menos. Qué fresquitos los pone, joder. Qué gusto.

16

Cuarenta y tres minutos para el partido. Ya están todos cambiados, calzados, preparados y lanzando cítricos desde más lejos de lo que deberían en la canasta 1 de la pista C. Me siento un poco bloqueado porque no sé muy bien cómo empezar. ¿Los trato con un código semiprofesional, pero con alguna adaptación lingüística-conceptual? ¿O rollo informal?

Es difícil la movida esta de entrenar a un equipo de mierda.

El equipo rival hace acto de presencia. Una panda de desgraciados que no tiene otra cosa mejor que hacer que venir aquí a matar su gusanillo por un deporte que se les atragantó ya cuando eran cadetes. Su ratio de sobrepeso es más elevado que el nuestro, pero lo compensan con un negro de más. Me llama la atención su entrenador. Es un señor mayor. Un señor, de hecho, muy mayor. Delgaducho. Unas entradas muy prominentes, pero que ya, visto lo visto, no le van a dejar calvo. Esto me sirve de acicate para plantearme empezar a tomar decisiones. No que su entrenador sea un señor mayor, sino su mera presencia. Reúno a mi equipo. Estoy en blanco. Lo que hago es generar un nada pretendido silencio muy incómodo que consume un noventa por ciento del tiempo que había pensado emplear en todo esto. Lo cual me transporta mentalmente a aquellos antológicos tiempos muertos de mis comienzos como entrenador profesional.

—No sé si esperabais una charla motivacional tipo Al Pacino en *Un domingo cualquiera*. Pero no. No hay recetas mágicas para ganar partidos de baloncesto. Tampoco hay que apelar al supuesto poder testicular. Está muy bien echarle al asunto, metafóricamente, cojones, pero eso es el básico imprescindible de cualquier jugador que se precie, y basarse simplemente en ello me parece estar muy vacío de contenido.

Genero otro silencio incómodo.

—La realidad es la siguiente: se juega como se entrena. Y como hemos entrenado una puta mierda lo normal es que juguemos como una puta mierda. A partir de ahí vamos a ver si podemos construir algo en condiciones.

El silencio vuelve a ser incómodo. Como charla motivacional no pasará a los anales de la historia.

—¡Va, chavales, va!

El gordolobo, del que algún día me aprenderé el nombre, rompe así el silencio con una célebre frase que pasará de generación en generación. No sirve de nada, pero no verás un equipo donde no se diga.

—Jugad tranquilos. Jugad como sabéis. No tratéis de hacer cosas que no sepáis hacer. Esto nos lo tomaremos como un entrenamiento más. Con árbitros, rivales y contando los puntos, pero sin agobios.

Lo cierto es que estoy poco acostumbrado a perder y mis palabras me han parecido lamentables. Hay que ganar. No concibo todo esto de otra manera.

—De lo poco que me imagino de esta *ligucha* de tres al cuarto es que dudo mucho que nos breen a triples, así que vamos a salir en una zona 2-3. Ya iremos ajustando cositas durante el partido. Venga: uno, dos y tres...

—¡A ganar! —dicen al unísono.

Dejo que el capitán del equipo dirija el calentamiento con sus rutinas habituales. No es cuestión de darle la vuelta a todo el primer día. Como, obviamente, aquí no hay *scouting* previo ni la madre que lo parió, dedico unos minutos a observar la rueda de calentamiento del equipo rival. No es que esta ojeada te aporte mucho, pero sí te puedes hacer una ligera idea de quién las mete y a quién le puedes flotar.

También los árbitros ya pululan por aquí. Una pareja mixta que, a buen seguro, querrá irse esta tarde con una buena anécdota: «Pues le pitamos una técnica al calvo y no salió en silla de ruedas de milagro». Me quedo absorto mirando la envejecidísima cara del entrenador rival. Esa piel antiestéticamente estirada sobre esos demacrados huesos maxilofaciales le da un aspecto cadavérico que le podría granjear un hueco como actor de reparto en películas de Tim Burton. Joder, este hombre está muy mayor para estos trotes. Debe de tener unos ochenta años largos.

De delegado de campo está mi colega el gorras. Maldito turras. Está en todos lados.

Me mata la curiosidad. No puedo remediarlo. Pero, como no me tomé la cuarta birra, no me noto lo suficientemente envalentonado como para ir a preguntarle al anciano quién carajo es. Voy a saludar a la pareja de árbitros. En la mesa, mientras charlo de forma amigable con ellos me fijo disimuladamente en el acta. Ya están los habituales rectangulitos rellenos de pueblos, apellidos y números que, aunque parecen aleatorios, no lo son. Mis ojos van directos al hueco donde pone el nombre del entrenador.

A. García.

Me suena.

17

Nos clavan tres triples en los primeros dos minutos. 2-9 en el marcador. La puta zona. Lo dije, joder.

—Con esta intensidad da igual el tipo de defensa que hagamos. —Otro comentario clásico—. Vamos a seguir en zona, pero vais a apretar un poquito más el ojete. No sé, como si tuvierais ganas de ganar el puto partido, por ejemplo.

Nos metemos en el partido. Al final, mucha táctica y mucha historia, pero he tenido que recurrir a la testiculina una vez más. Intercambio de canastas, un poco de goma, nos vamos, se van. Lo típico. Salvo alguna protesta no demasiado potente sobre un campo atrás dudoso que la parte femenina de la pareja arbitral mixta no tuvo a bien observar como yo, no sucede nada reseñable.

Hasta que empiezan a pasar cosas.

Hablemos de Chamorro.

Es el típico que suele poner buena cara y por debajo te la lía. De primeras veo una tangana en los bajos fondos del aro rival. Ha habido un cambio defensivo que ha provocado que Chamorro, que no es precisamente una de las torres de Florentino, haya quedado emparejado en defensa con uno de sus altos. De sus altos y gordos.

—¡Eh! ¡Eeehhh! ¡¡¡Eeeeeehhhhh!!! —Voy elevando el volumen y alargando la vocal en una clara llamada de atención a los árbitros.

Acabo de ver cómo ese alto gordo le ha soltado un mandoble a Chamorro que lo ha echado a dormir. Mi chaval yace en el suelo como un borracho al que le acaba de abofetear el puerta albanokosovar de un garito.

—¿Y eso no es descalificante? Es tremendo lo vuestro. Idos a cagar.

La verdad es que soy de gatillo fácil. La técnica me parece merecida. Incluso escasa. Pero al menos he usado el imperativo de manera impoluta. Eso, sin duda, actúa como atenuante.

La tangana que se forma es tremenda. Uno de mis negros, en un claro efecto acción-reacción, que a buen seguro habrá aprendido en la universidad de la calle, le acaba de partir el pómulo al agresor *altogordo*, o *gordalto*, con el que empezó todo. Y mientras protesto airadamente (lo peor no son las palabras, sino los espumarajos que salen de mi boca, llenando de un chirimiri de esputos tres metros a mi redonda), la árbitro (¿o se dice la árbitra?) y yo nos miramos durante unos segundos. En absoluto silencio. Y noto en sus ojos algo más que el habitual desprecio de un colegiado a un entrenador irrespetuoso. Noto decepción. He notado otras veces frustración, hastío, ira o desesperación, pero nunca decepción. Y no entiendo por qué.

Cuando Chamorro despierta del coma momentáneo en el que se había sumergido, se acerca hacia los banquillos. Le pregunto que qué cojones ha pasado, que si quiere que denunciemos a ese puto tarado. No, no, me dice.

—Si es que le he metido un dedito por el culo cuando estaba defendiéndole. No le ha debido de gustar.

La madre que lo parió.

Dos expulsados y varias técnicas después, el partido discurre sin más sobresaltos, que no es poco. El baloncesto que practicamos ambos, si es que se le puede llamar así, es duro de ver. Como un Limoges de Maljkovic contra un Madrid de Messina. Terrible. Pero ganamos relativamente cómodos. No por mérito nuestro, ni por supuesto mío, sino porque ellos eran sencillamente peores. Sin más.

Con el partido ya acabado, cuando pensaba que las aguas habían vuelto a su cauce y cuando parecía que nos íbamos a dar las manos y a irnos cada uno para nuestras casas, veo que se acerca lo que parece ser el delegado del otro equipo. Por sus pintas, apostaría toda mi fortuna a que querría jugar en el equipo, pero que es demasiado malo para correr, botar y respirar a la vez, y que, por pena, le han puesto de delegado. Que, por otro lado, es el motivo fundamental por el que una persona acaba haciéndose delegado. En la pirámide del baloncesto, los jugadores están en el punto más alto. A partir de ahí, los que no valen para jugadores se hacen, como primera opción, entrenadores. Pero el que no vale ni para jugar ni para entrenar se hace árbitro. Y ya abajo del todo están los delegados y los utilleros.

Esto es así.

Como digo, se acerca lo que parece ser el delegado, utillero o lo que cojones sea, (vete a saber) del equipo rival en lo que podría ser un saludo efusivo, pero no. Con los ojos como la camiseta del Barcelona, rojos y azules, viene encíscado a agredir a Chamorro, con tan mala suerte que se tropieza con el cable del marcador y abocica de tal manera que se acaba rompiendo la nariz contra el suelo. Se levanta con toda la cara de Rocky Balboa al final de la primera película de la saga, sonríe vagamente por un lado de la cara y se cae redondo. El cuadro es brutal.

—La que se ha liado por meter un dedito por el culo. Cuando, en realidad, a quien más quien menos eso le acaba gustando —me dice Chamorro, tajante.

Pase lo que pase, la buena educación y la deportividad han de estar siempre presentes en el deporte. Y os lo digo yo, que hace un rato mandé a cagar a los árbitros. El apretón de manos con el entrenador rival es cálido y sincero. También cuidadoso, no quiero romperle sin querer alguna falange a este entrañable vejestorio. Noto fuerza en sus manos, pero también cansancio y olor a rotulador de pizarra. Y en sus ojos, tristeza y desazón.

—Bien jugado.
—Enhorabuena.

Y chimpún.

Palmada en la espalda y a por los árbitros, con los que es fundamental congraciarse una vez que todo ha acabado. Hacen su trabajo y cuando este concluye los aceros han de volver a sus vainas. A los árbitros suelo darles la mano, simplemente, sin comentarios. Una leve bajada de barbilla. No una reverencia, no. Un asentimiento, quizá. Un con esto y un bizcocho acepto vuestra actuación y no os voy a guardar rencor. Decir «bien arbitrado» me parece forzado y comentar cualquier cosa sucedida en el encuentro me resulta inútil a esas alturas, innecesario e incluso poco ético. Así que apretón de manos y palmada con la otra en el dorso. A ambos.

—¡Chist!

¿Me acaba de chistar la árbitro? ¿O se dice la árbitra? Nunca me acuerdo. Da igual, eso no viene a cuento ahora.

—¡Chist!

Sí. Me acaba de chistar. Me giro.

—¿Qué?

—Eso digo yo, ¿qué? —dice ella.
No sé qué pretende que responda, la verdad.
Espera.
No puede ser.
Voy a quitarle mentalmente ese traje negro con el logo de la federación bordado y un pantaloncito demasiado subido en dirección a los sobacos y a ponerle otro atuendo. Ropa normal, no penséis mal. Un poco de rímel y un sutil color pasión en los labios.
No puede ser.
—Pero entonces...
—Claro, idiota.
—Por eso decías que la tarde de hoy la tenías ocupada, ¿no?
—Eso parece.
—Pues, a pesar de mi lamentable espectáculo, me alegro mucho de que nos dediquemos al mismo negocio.
—Ya...
—Menudo ridículo he hecho, ¿no?
—Un poco gañán sí me has parecido, sí.
—¿Tiene arreglo?
—Depende de ti. Hasta otra. Un placer.
Joder.
No es que ahora me vaya a volver loco por esta mujer, pero, por pura decencia, por moral, por orgullo, o por lo que sea, tengo que arreglarlo.
Pero tiene que ser ya.
Dios, no se me ocurre qué decirle y ya ha enfilado la puerta. Rápido, piensa algo ingenioso para salvar los muebles.
—¡E..., espera!
Nada.
—He sido un troglodita. ¡Lo siento mucho!
Sigue avanzando.
—Venga, déjame invitarte a algo en el bar de Ángel.
Se gira. Me mira con cara de asco, con desprecio. Como si le acabara de proponer ir a hacer submarinismo a una fosa séptica.

—¡Venga, va! Lo pasaremos bien. Con el balón en juego soy un garbancero. Déjame demostrarte que con las pulsaciones bajas soy otra persona.

Se pira.

Ya a la desesperada, le grito:

—¡Era campo atrás!

CAPÍTULO IV

18

Recuerdo perfectamente aquel viaje. Un miércoles por la mañana. Tomamos la carretera de Burgos e hicimos parada para comer en ídem. Destino final: Vitoria-Gasteiz. Y digo que lo recuerdo porque comimos como cerdos en Burgos. Mi manera de llevar equipos, por muy profesionales que pudieran ser, siempre fue tratando de crear un ambiente familiar. Y qué hay más familiar que pegarse una buena comida en Burgos. Hacía un frío de pelotas y el lechazo entró como dios. La competición no empezaba hasta el día siguiente, y yo, ya que les robaba un día entero de no estar con sus familias, les entregué esas primeras horas de concentración para el disfrute.

Y digo que lo recuerdo perfectamente, aparte de por todo lo que pasó después, porque en Burgos nos olvidamos al delegado. Sí, a Pepe. Él era siempre el encargado de pagar estas cosas cuando comíamos fuera. Quizás extasiados por el «no hay billetes» que colgamos en las taquillas de nuestro estómago no reparamos en su ausencia. Nos montamos en el bus y seguimos nuestro camino. No fue hasta pasada media hora cuando consiguió contactar con nosotros. Nos estaba llamando, pero la mayoría teníamos los teléfonos en silencio para poder echarnos un coscorrón en el ratito que nos quedaba hasta el final de la ruta. Se cagó en todos nosotros, pero con la boca pequeña. Era el puto delegado, joder. Le hicimos ir en taxi hasta

Vitoria desde Burgos. Ni hartos de vino íbamos a dar la vuelta. Aunque algunos fuéramos hasta arriba de uva fermentada.

Pepe estuvo de morros todo el fin de semana. Se sentía la última mierda. Y, la verdad, un poco sí lo era. Jugamos el jueves el primer partido. Toda la grada en contra, como no podía ser de otra forma y tal y como sucedía en todos los campos de España. El ambiente contra los árbitros era durísimo. Nada más empezar el partido, para que os hagáis una idea, quizá llevábamos un minuto, llegó un aficionado y se sentó detrás del banquillo. En su primera oportunidad, se desgañitó:

—¡Árbitro! ¡Acabo de llegar, pero me cago en tu puta madre, por si acaso!

Y de ahí para arriba.

El partido fue horrible, de esos en los que no sale nada.

O casi.

De aquella competición, aparte de lo mal que jugamos, recuerdo la soledad. En ciertos momentos de la temporada, tenía por costumbre viajar con la familia. Solo en acontecimientos importantes, como mucho dos veces al año. Pero esta fue la primera vez que mi mujer y mi hijo se quedaron en casa. No estábamos atravesando nuestro mejor momento. Muchas discusiones absurdas. Nos echábamos cosas en cara que parece que teníamos guardadas en un enorme cajón de mierda y polillas muertas de inviernos pasados. Y cargábamos contra el otro por las frustraciones que nos generaban nuestros trabajos. En mi caso, estaba siendo una temporada difícil. Todas lo son, claro, pero esta aún más. Estaba teniendo que lidiar con unos y otros, ponerme la muleta en la mano izquierda más de una vez y capear los temporales que iban surgiendo: con el equipo, con la prensa y, claro, con el presidente.

Y no lo estaba gestionando bien con mi mujer, que, además, llevaba unas semanas sufriendo unas migrañas, que, decía, la imposibilitaban como persona. Ya será menos, le decía yo. El caso es que en pleno ataque de una de estas, la mañana del viaje, tomó la determinación de quedarse en casa. Pues nada, ella sabrá. O supo.

Pero el que no sabía nada era yo, visto lo visto.

19

Las apuestas estaban muy a nuestro favor. Nadie podía prever que el partido se nos fuera a complicar tantísimo. Ya desde el vestuario noté que estaban demasiado relajados, faltando incluso al respeto a la competición en la que estábamos inmersos. Cierto es que aún quedaba hora y media para el comienzo del partido, pero descubrieron que los baños estaban separados por unos muretes que dejaban un hueco cerca del techo; cuando llegué, estaban jugando a lanzarse las escobillas del váter por encima. La escena era asquerosa, pero los sinvergüenzas se lo estaban pasando en grande. No le di demasiada importancia, aunque fulminé con la mirada al canterano. A los veteranos siempre les gustaba eso, dar por el culo a los chavalitos. No literalmente.

Me solía gustar jugar alegre en ataque, con transiciones rápidas y tiros relativamente rápidos. Quise cambiar un poco el paso y decidí salir con un quinteto un tanto defensivo. Conclusión: al cabo de cinco minutos, habíamos metido cinco puntos y nos habían enchufado cinco triples.

Crack.

Máquina.

Eso es lo que fui: un máquina.

A partir de ahí, se generó un agujero de tales dimensiones en nuestro juego que fuimos embarrancando cada vez más. No había manera de encontrar una dinámica positiva. El pívot rival, como era costumbre, nos estaba sodomizando. Dieciséis abajo a falta de tres minutos para el descanso. Al final, lo de siempre. Saqué a los que más huevos le echaban, tratando de dejar la táctica a un lado, y arañamos algunos puntos para irnos solamente, ¡ja!, diez abajo al descanso.

Creo que a veces pensamos demasiado y hacemos pensar demasiado a los jugadores. Y, en determinadas circunstancias, están tan saturados que no son capaces de razonar, botar y no cagarse encima. Por lo que con hacer un quinteto equilibrado y dejar que el baloncesto fluya es más que suficiente. Y por tomar esta serie de decisiones, concediéndoles tanta libertad a los jugadores que estaban en el campo, unos me odiaban a muerte (por supuesta dejación de funciones), y otros me amaban con locura (por practicar un baloncesto diferente).

Ellos estaban jugando un poco a lo nuestro, y eso nos desconcertó. Cuando le pillamos el tranquillo al partido ya solo quedaban trece minutos. No obstante, creímos estar a tiempo, ya que, después de mucho remar, conseguimos ponernos dos arriba. Lo que, otra vez, no se esperaba nadie (y menos yo) es volver a salir al último cuarto con la caraja del primero. Era un clásico en nosotros, pero no por repetido dejaba de ser lamentable. Se nos volvieron a ir de siete a las primeras de cambio. Vuelta a sacar los remos. Empellón arriba y arreón en contra, vamos gomeando hasta que nos plantamos en el último minuto. A estas alturas, ya me había cagado en los muertos de tres generaciones de medio banquillo y no sabía ya ni en quién confiar para tenerlo en pista. Así pues, al final, como bien diría John Benjamin Toshack, lo mejor es jugársela con los mismos cinco cabrones de siempre. Y que sea lo que dios quiera. Pero lo que dios quiso fue que nos metieran un triple a falta de cuarenta y cuatro segundos que nos ponía con cuatro puntos en contra y posesión para ellos. Porque éramos idiotas. Dos buenas defensas y dos buenos ataques, y podríamos tener alguna opción de obrar el milagro. Pero Lourdes debía de estar comunicando, pues, diez segundos después, ese pívot que nos estaba haciendo una colonoscopia sin anestesia nos terminó de desgarrar. Giro, gancho, el balón voló y canasta. Seis abajo.

El griterío era ensordecedor. El señor de la grada que se había cagado en la madre del árbitro de manera preventiva ya se estaba desahogando en presente con motivos más que suficientes. Habían pitado pasos. No dieron por válida la canasta, y la posesión (después de tener el partido perdido) era nuestra. Pedí tiempo muerto para diseñar una jugada que emocionara a Spielberg. Todos asintieron. Yo sabía que no iba a salir, pero era mi deber dibujar tres o cuatro pollas en la pizarra, puesto que toda España estaba mirando. O cuatro gatos, según Pepe.

La primera opción, en algo que no sorprendió a nadie, acabó en un uno contra uno forzado. Fallamos y cogimos nuestro rebote. Rápidamente, la sacamos fuera. Y de nuevo un tiro forzado con rectificado en el aire.

Pedrada.

Pero volvimos a coger el rebote.

Y entonces, cuando parecía que todo se iba al garete, pudimos sacar la bola fuera de la línea de triple, donde estaba un jugador que bien podría ser el yerno de España. Fintó. Saltaron. Botecito a un lado y hacia arriba. El balón voló, giró y entró. Yeisi, como le llamábamos todos cariñosamente, era amor. Uno abajo y quedaban catorce segundos. El tiempo y el margen que teníamos se habían esfumado. La táctica, que ahora sí que había que cumplir, era evidente: hacer falta y que no corriera el reloj. Esto sí lo hicimos bien, fíjate tú. Metieron los dos tiros libres, como no podía ser de otra forma. Tres abajo y pendientes por jugar esos mismos catorce segundos, pero con alguna décima menos en el cronómetro. Ya no me quedaban tiempos muertos. Y mira, casi que mejor, porque iban a hacer exactamente lo mismo. La cogió Sergio. Botó, botó y botó. El defensor amagó con robarle la pelota. Le hizo medio trastabillar y dio algún que otro paso en falso cerca del abismo de la línea de medio campo. La jugada siguió y le llegó el balón a Antonio. A don Antonio. Dio un bote, dos pasitos, se levantó y clavó un triple antológico que nos mandó a la prórroga de un partido que ya jamás nadie olvidaría.

En la prórroga volvió esa versión que llevaba cuarenta minutos sin aparecer y no hubo mucha más historia con el balón en las manos. Lo que empezó fue el runrún. La grada, ya mosqueada por esos pasos en falso al borde del abismo que os comentaba, empezó a entonar un cántico.

El cántico se propagó como el ébola en una urbanización de Alcorcón y a los pocos minutos ya la estaba coreando todo el palacio:

> Era campo atrás,
> era campo atrás,
> era campo atrás.

Y es verdad que lo fue, nadie puede negarlo. Pero qué culpa tenemos nosotros. Celebramos, procuramos moderar un poco la euforia porque dos días después volvíamos a jugar, y a dormir al hotel.

20

Lo que no nos esperábamos fue esa reunión urgente con los mandamases de la competición y el colectivo arbitral organizada para la mañana siguiente y a la que fuimos citados el responsable del club y el que aquí os narra esta historia. En una mesa ovalada del subsótano del lugar donde la noche anterior sucedió lo que sucedió, que bien podría ser un moderno búnker antinuclear, se encontraban, ya sentados, el presidente de la liga, el jefe del comité de los árbitros (de los cuales no recuerdo ahora sus nombres) y, a su lado, cabizbajo y con gesto compungido, el propio árbitro que el día anterior no vio el campo atrás: Daniel Maderuelo. Llegamos y, en silencio, nos sentamos.

Sin ningún tipo de preámbulo, el presidente de la liga comenzó a hablar:

—Lo de anoche fue un terrible error que no puede volver a suceder. Os hemos reunido a todos, simplemente, a modo informativo. La opinión pública está, como ya sabéis, muy polarizada. Muchos sienten un terrible descontento con la competición. Creen que está adulterada, creen que os damos un trato de favor.

—Pero... —trato de intervenir.

—Obviamente, todos sabemos que no es así. Fue, como digo, un terrible error en el que Daniel, que estaba bien posicionado, se equivocó, o no fue consciente de dónde exactamente posó el pie vuestro jugador. Eso da igual, no tiene remedio.

Como tampoco parece tener remedio que nosotros, como marca, estemos bajo mínimos. Tenemos serios problemas para que las televisiones y los anunciantes suelten pasta, y el riesgo de quiebra técnica es ya una realidad.

—Pero nosotros… —sigo intentando meter baza.

—Es una reunión informativa en la que, si os parece, solo voy a hablar yo. A partir de ahora, con el fin de tratar de limpiar un poco la imagen, solo queríamos avisaros de que vais a tener complicado que haya errores arbitrales a vuestro favor. Lo de ayer fue un fallo tan mayúsculo y que hizo tanto daño a un equipo humilde como el que teníais enfrente que nada jamás lo compensará a ojos del público, tanto de la gente que lo presenció desde la grada como de la que lo vio desde su casa. Pero vais a tener difícil que vuelva a ocurrir, porque todos los árbitros, a los que ya he reunido previamente esta mañana, están advertidos.

—Me estás diciendo que…

—No se trata de adulterar la competición. Se trata de que lo que pasó ayer no vuelva a suceder. Jamás. A partir de ahora, nunca nadie más va a poder tener la más mínima sospecha de que la competición está manipulada para que vosotros la ganéis, ni nada por el estilo.

—Estamos un poco…

—Y ahora, si me disculpáis, salid todos, por favor.

Salimos de aquel monólogo con los ojos como Enrique San Francisco en una tetería. «Alucinando» es un gerundio que se quedaría terriblemente corto. No podíamos creer que el presidente de la liga se acabara de dirigir a nosotros en aquellos términos tan dictatoriales. Creíamos que los errores formaban parte del juego, pero quedó claro que por encima había muchos y muy poderosos intereses. Fue, además, bastante incoherente, ya que, para evitar sospechas de que la competición estaba adulterada, había insinuado que podía haber adulteración, pero solo en un sentido.

Nos cruzamos con Maderuelo en los pasillos que rodeaban aquel búnker. Estaba destrozado. Era un árbitro prestigioso y, sin duda, el rapapolvo que debían de haberle soltado lo había dejado fuera de combate. Me dio cierta lástima. Habíamos tenido muchos roces, pero siempre entendí que era algo que iba con la nómina de ambos, nada personal.

Nunca le dijimos nada a los jugadores. Habrían montado en cólera.

Sí que, como era obvio y necesario, llamamos al presidente al minuto de salir de allí. Por el ruido que se oyó antes de cortar la comunicación, creo que lanzó el teléfono contra una pared. Cogió su avión privado y se plantó en Vitoria en cuanto pudo. Le tuvimos que frenar, pues era capaz de prenderle fuego al pabellón. Le dijimos que seguro que era un calentón, que estaban muy quemados por la situación, pero que probablemente todo iba a seguir como hasta entonces. Queríamos ganar esa puta competición fuera como fuera.

Y la ganamos.

Y pareció que las aguas volvieron a su cauce.

Al menos, en aquel momento.

CAPÍTULO V

21

El siguiente partido nos toca fuera de casa. Domingo por la mañana. Un frío del copón. Ya pensaba que la liga era deprimente, pero lo que me encuentro al atravesar los muros de lo que parece ser un colegio ultracatólico con pretensiones de promocionarse a través del baloncesto es más que dantesco. Por supuesto, no tienen pabellón. Lo que sí tienen, por lo que veo, es una especie de gimnasio con unos techos tan bajos que impedirían el desarrollo de una carrera como la de Juan Carlos Navarro. Algo a caballo entre la casa de Bilbo Bolsón y el pabellón del Eurocolegio Casvi y su sempiterna red colgante. Y no es válido para la práctica de nuestro deporte, por lo que entiendo que jugaremos al aire libre.

Después del otro día, ya que cuando debuté estaba tan sobreestimulado que no pude atenderle, charlé con Pepe sobre la marcha del equipo en la competición. Vamos bien, por lo visto. Con ciertas opciones de ganar la liga.

—¿Cuántos entran en *playoff*? —le dije.

—No hay *playoff*. Es una liga normal, como las de antes.

—Qué gusto —le remarqué—. Me encantan los clásicos.

Atravesamos esos gruesos muros de granito, que a buen seguro fueron reciclados de alguna catedral derribada, y lo que nos encontramos es el declive hecho diseño. Una fuente de la que no sale agua, cuatro arbustos mal regados y una cartelería indicando dónde se encuentra cada estancia que no te la firman ni en los bajos fondos de la central nuclear de Chernóbil. La pista polideportiva, en la que se supone que vamos a jugar, es muy parecida a la que salió en *Una tribu en la cancha*, aquella maravillosa película de culto protagonizada por dos actores de relumbrón: Kevin Bacon y Charles Maina, que no volvió a actuar en su vida.

Podríamos determinar la categoría de un club en función de la calidad de sus instalaciones a través de tres elementos clave: la pista, los aros y la red. ¿Tiene pabellón, aros flexibles y redes en condiciones? Bien. ¿Tiene pabellón, pero unas canastas de mierda? Mal, pero calentitos. ¿No tiene pabellón, ni aros flexibles, ni redes? Me cago en tu puta madre.

Pues el sitio donde tenemos que jugar dentro de una hora es del tipo me cago en tu puta madre, pero con las líneas de debajo de la canasta pintadas encima de una alcantarilla. Así es y así lo cuento. Habrá momentos en los que haya que decidir entre un esguince grado uno o defender la línea de fondo. Los tableros son para verlos: contrachapado carcomido por los años, la lluvia y vete a saber qué microorganismos. Solo sé que cada vez que alguien tira a canasta llueve serrín. Del aro, que en su origen fue naranja, cuelga una red más parecida a un tendedero de tangas viejos que al aparejo de cuerdas convenientemente dispuesto que se supone que tiene que dar cobijo a la pelota cuando entre y, si es posible, que suene chof.

La situación es la que es, y mis chavales, más pijoteros de lo que me esperaba para ser una panda de tuerceguantes, se ponen de morros. No se niegan a jugar, porque saben que los colgaría de un árbol, pero noto en sus rostros que no les hace ni pizca de gracia jugar en esta cancha del inframundo, mancharse las zapatillas y correr el riesgo de desollarse las rodillas.

El equipo rival tampoco ayuda a venirnos arriba, ya que da la impresión de que Echenique sin silla sería capaz de driblar a la mayoría de ellos. Es difícil motivarse ante equipos malos; no obstante, una vez tuve un entrenador que nos dijo que la mayor muestra de respeto que se puede tener ante un equipo claramente inferior es dar el cien por cien. Salir a medio gas, ponerse a hacer jugadas en modo GlobeTrotter y cualquier soplapollez de ese estilo sería hacerles de menos. Y bastante poco son ya. Su entrenador, un señor más bien bajito, delgado, tirando a esquelético, con los mofletes hundidos, pero bien disimulados con una frondosa barba blanca, trajeado y aseado y con pinta de ser muy educado, está dándoles multitud de indicaciones. Se ve que no se ha rendido y quiere seguir intentando sacar petróleo de ese cagadero de perros. Le saludo, como hago siempre al llegar a los campos rivales, y vuelvo a tener esa sensación. En el cruce de miradas, que dura poco menos de un segundo, noto que esos ojos, u otros muy similares, han coincidido con los míos en alguna otra ocasión. Los noto tristes y cansados. Bien es cierto que por las ojeras y las bolsas, que podrían responder a diversos motivos, no da la impresión de que se pase el día con la sonrisa en la boca, pero juraría que a este señor no le ha ido muy bien en la vida.

—Hola, ¿qué tal? Soy Pablo. —Esta vez decido presentarme para no perder tiempo jugando al CSI con el acta.

—Bienvenido. Yo soy Alfonso. Si necesitas cualquier cosa, dímelo. Tenéis tres pelotas allí, debajo de vuestro banquillo.

Por pelotas se refiere a tres trapos de cocina con aire a presión a los que han tenido a bien conferirles forma esférica.

—Genial. Gracias —le contesto.

Alfonso.

En fin, no sé.

22

Llegan los árbitros. De nuevo una pareja mixta. No sé si es mera casualidad o si han decidido regular la paridad en el colectivo arbitral. No me parece mal, ojo. Pero tampoco bien. Es un tema, el de la paridad, con el que me siento bastante identificado. Pero en este caso concreto me parece bastante absurdo. En el mundo del arbitraje siempre ha habido equidad y se ha tratado por igual a árbitros y árbitras. Joder, sigo sin saber si está bien dicho lo de árbitras. Y siempre, repito, se les ha tenido la misma consideración, fundamentalmente porque son igual de horribles tanto los hombres como las mujeres. Un colectivo diseñado con absoluta perfección para joderte cualquier mañana de un fin de semana. Un grupo innumerable de chavales, y chavalas, a los que les quitábamos el bocadillo en el recreo y que han vuelto, organizados en parejas y vestidos de gris, para vengarse con malos juicios, un código de gestos que a veces solo ellos entienden y miradas prepotentes. En el fondo, nos lo merecemos.

Observo su rueda de calentamiento. Ya sé que son malos solo con verles andar y ponerse las zapatillas, pero es defecto profesional: necesito hacer esto y comprobar lo que ya había intuido. Vale. Son muy malos. Solo he empleado un minuto. Uno de sus jugadores, probablemente uno de esos a los que nadie le ha comentado nada acerca de sus limitaciones, no puede reprimir el ímpetu por comentar sus propias jugadas como si fuera Guille Giménez en una madrugada aleatoria. El problema que tiene es que se lía un poco con los temas de actualidad, ya que al emular un triple lejano de Stephen Curry se le escucha gritar:

—¡Y el *triiiiiiple* de Stephen Hawking!

No puedo reprimir la carcajada y no me queda más remedio que darme la vuelta y disimular con un poco de tos fingida. El cuadro no te lo firma ni Picasso hasta arriba de éxtasis líquido.

23

Rueda el balón. No, espera, eso es en fútbol. Vuela el balón. Doy dos o tres indicaciones sencillas nada más empezar, me giro para sentarme un poco en el banquillo y cuando me quiero dar cuenta vamos ganando de diez. Estos partidos, aunque no lo parezca, también son duros de ver.

El entrenador rival pide tiempo muerto enseguida. No sé muy bien qué decirles cuando todo fluye sin complicaciones.

—¿Por qué cojones se fue vuestro anterior entrenador? No sois tan malos —les digo con sorna.

—¡Uf! Es una larga historia, Pablo —dicen tres de ellos casi a la vez.

Mis chicos, si cumplen la premisa irrompible de no dejar de dar su cien por cien durante todo el partido, podrán pasárselo bien y mostrar sus mejores versiones.

Pero siempre pasan cosas.

Siempre.

Hablemos de Chechu.

Chechu mide uno ochenta. No es malo. Tampoco bueno. Es buen tipo y suele estar de buen humor, como David el Gnomo. Tiene la autoestima más baja de lo que debería. En un psicoanálisis exprés deduzco que este estado de ánimo tiene que ver con su escaso éxito en el arte del cortejo. Cualquier cosa, entonces, le viene bien para subir su ego. Está haciendo muy buen partido. Las mete, defiende bien, roba algún balón y da varias asistencias. Puede que sea el partido de su vida. Lo está gozando de lo lindo, se le nota en los ojos.

Chechu culmina un contraataque de manera magistral y, además, recibe falta. Dos más uno. Pero noto que se está flipando más de la cuenta, parece que se ha pasado de rosca. El árbitro, que está cerca de Chechu, indica la infracción. Alza las dos palmas de sus manos abiertas indicando que el número del que cometió la falta es el diez. Pero Chechu, volando en su nube de emociones, se cree que el árbitro también está alucinando con él y se piensa que le está pidiendo que choque esos cinco. Y allí va Chechu, con sus dos palmas en idéntica posición a las del colegiado, chocándolas con ímpetu y diciendo en voz alta:

—*Give me five!* ¡Claro que sí!

Los humos se le bajaron rápido, ya que el árbitro, que no lo estaba viviendo como nosotros, y mucho menos como él, interpreta que Chechu es un vacilón de tres al cuarto y que le ha faltado gravemente al respeto. Lo descalifica sin miramientos.

Y así termina la historia de subida y hundimiento de Chechu, en una clara metáfora de lo que es la vida: disfruta del éxito con mesura, porque nunca sabes cuándo te van a bajar a la tierra de un par de hostias.

Trato de calmarle y animarle, ya que se retira de la pista al borde de la lágrima. Otro día más en la oficina para él. Le agarro con cariño por el cuello y le acompaño unos cuantos pasos en dirección a los vestuarios. Bueno, en dirección a unos baños con tres sillas que no he querido definir para que nadie deje de atender por tener que irse a potar. Cuando llevo la mitad del camino que quería recorrer con él para insuflarle unos gramos de optimismo ante la decepcionante vida que le espera, me la encuentro. Una sombra oscura, medianamente alta y, para qué engañarnos, un poco oronda. Estaba allí de pie, detrás de un grupo de padres de los jugadores del equipo local.

Mavi gana mucho con ropa de calle. Viste normal, de *sport*, sin florituras y sin tratar de parecerse a nadie. Unas deportivas bonitas, vaqueros y sudadera, y para qué más. Desde luego son observaciones que nunca podría haber tenido sobre ella con el traje de árbitro. Esas botas negras, los pantalones del mismo color subidos hasta los sobacos y una camiseta gris con el logotipo de la federación no dan lugar a la imaginación. Es imposible enamorarse de un árbitro vestido de árbitro. Imposible. Necesitas verlos en otro contexto para que fluya el amor.

—Anda. Pensaba que me habías dado por imposible.

—No he venido a verte a ti, idiota. Soy muy amiga de la árbitra.

Ah, vale, entonces se dice «la árbitra».

Me voy con el rabo entre las piernas. La tipa es dura de pelotas. El partido sigue como si nada nos hubiera pasado ni a Chechu ni a mí. La pana que les endosamos es tremenda. El nivel de la liga, por lo visto hasta ahora, roza lo dantesco. Pero podría ser peor, podríamos ser nosotros los malos de una liga mala. Los pésimos. Pero somos cabeza de ratón.

24

—¡*Chist, chist!*

La tía está cogiendo vicio a lo de chistarme. Ahora es ese momento crucial en el que me debato entre hacerme el duro o dejarme llevar. Decido simplemente parar y esperar.

—Espera —me dice a unos metros de distancia.

Espero.

Viene.

—Oye, que ahora me voy con mi amiga, pero si quieres merendamos el finde que viene.

A ver. Hace siglos que no quedo con una mujer a algo diferente que no sea lo que hago con Mayra. ¿Merendar? ¿Qué se hace en una merienda? ¿Qué se dice? ¿Podré comerme una palmera de chocolate sin hacer el ridículo como si fuera un niño de instituto?

—Venga, vale. No tengo nada mejor que hacer.

No tengo nada que hacer, de hecho.

—¿El viernes te parece?

—Genial.

25

Después del partido volvemos al pabellón, el punto donde empieza y acaba todo. Hay dispersión generalizada, menos un par de jugadores, que entran y se suben a la grada. Yo me meto a ver si mato el tiempo un poco hasta la hora de comer. En el vestíbulo, Pepe, mi Pepe, está hablando con el tipo de la gorra.

—¿Qué pasa, Pepe?

—¿Qué pasa? —me dice.

—¿Qué pasa? —le digo.

—¿Qué pasa? —me insiste.

—¿Qué pasa? —le insisto.

Nos podríamos pasar así horas. Efectivamente, somos gilipollas.

—¿Cómo habéis quedado?

—Un palizón, la verdad.

—¿En contra?

—No, hombre, hemos ganado.

—Bien, hombre, bien. Enhorabuena.

No sé si contarle lo de Mavi o lo del mosqueo que tengo con los entrenadores que me suenan, pero que no termino de ubicar. Con lo primero está descartado que Pepe pueda echarme un cable, ya que la última vez que hizo el amor reinaba en España Amadeo de Saboya. Con lo segundo, sin embargo, él, que siempre ha tenido estadísticas y datos de absolutamente todo, tablas y documentos de cualquier gilipollez, es posible que en su memoria, interna o externa, almacene algún detalle que pudiera orientarme un poco. Porque resulta incómodo esto de tener algo en la punta de la lengua, pero no terminar de arrancar.

—Oye, Pepe. Estoy dándole vueltas a una cosa.

—Dime.

—No sé, tío. Estoy un poco mosca. Ya van varias personas que me encuentro que me suenan de algo, pero no termino de recordar de qué.

—¿Sí? ¿Quiénes?

—Sí, hombre. Pues Xavier, Luis y ese tal A. García. Y hoy Alfonso.

—Pues, macho, no tengo ni puta idea.

—¿Nada?

—No me suenan de nada. O sea, no los conozco absolutamente de nada. No sé lo que me estás diciendo, la verdad.

Y este gilipollas ¿por qué se pone nervioso ahora? Si no le he dicho nada.

—Pepe, ¿es cosa mía o estás actuando un poco extraño?

—Pero qué dices, Pablo. ¿Qué dices?

—Pepe, cabronazo. Estoy aquí muriéndome de asco en este

pueblo de mierda que huele a alcantarilla y hollín. Soy un puto viudo solitario, y mi hijo es un capullo que me desprecia. Dime que puedo contar contigo.

—Pablo...
—¿Qué?
—No, nada, nada.
—No, ahora lo dices.
—Pablo. De verdad, entiendo que estés preocupado. Yo también lo estaría. No quería decirlo, pero... ¿has pensado en ir al médico? Recuerda lo que le ocurrió a tu madre.

CAPÍTULO VI

26

Nuestra primera cita. Mis intenciones libidinosas son más bien tirando a escasas. Me conformo con sobrevivir, alimentarme de agua de coco durante meses y no volver a casa con malaria o acribillado por los mosquitos. Después de haber hecho el gañán en la cancha delante de ella, no me puedo permitir demasiadas florituras. Nada de botarme el balón por debajo de las piernas ni de hacer el pase de codo de Jason Williams. De pecho, recto y a las manos.

Los dos besos al vernos me hacen perder un poco los nervios. Está guapa, la hija de puta. Lleva unas Converse, una sudadera de Star Wars y pantalones pitillo. En realidad, ahora que me fijo, creo que son pantalones normales, pero ella es de hueso ancho y se le apitillan en las piernas. Por fin conseguí quitarle la idea de la merienda esa de la cabeza. Sé que lo habitual en este tipo de citas es cenar en un italiano, pero ni yo ni, por lo que parece, ella somos de caer en esa manera tan manida de vivir las relaciones intersexos. Optamos por un punto medio entre la cursilería de merendar cruasanes con Nutella y lo naíf de cenar *farfalle* primavera. Entramos en la hamburguesería. No es la clásica franquicia en la que comes la misma carne, el mismo pan y los mismos complementos que en todos los santos sitios. Es una hamburguesería inédita, solo existe esta en España. Se llama Burger Meredith, y yo, fan absoluto de la saga Rocky Balboa, no he podido hacer otra cosa que enamorarme. Además, por si fuera poco, las hamburguesas están que te cagas.

La decoración es maravillosa, con cuadros y demás elementos representativos de las películas por todos lados, pero sin sobrecargar. Al fondo, una foto de Mickey y Rocky en blanco y negro. Al pie, en blanco y cursiva, una de mis citas favoritas: «Vas a comer relámpagos y cagarás truenos». Cierto es que en la carta hay una hamburguesa vegana hecha a base de judías blancas, pero creo que no se refieren a eso.

Afortunadamente para mí, Mavi entra bastante bien a las anécdotas que le voy contando, la mayoría de mi época de jugador, la cual recuerdo con fabulosa lucidez. Cuando me pongo nervioso, hablo sin parar, y la mayoría de las veces es para decir gilipolleces. Pero se ríe. Recuerda con cariño mi salida en silla de ruedas de aquel pabellón en el año... Ya no recuerdo en qué año fue, la verdad. Y cuando digo que lo recuerda con cariño lo que quiero decir es que se descojona en mi cara. Es maja. Agradable a la vista y al oído. Quedan muchos sentidos por probar, pero no empieza mal la noche. Le gusta el baloncesto, que eso siempre ayuda a unir lazos. Y me ríe las gracias, algo fundamental para mi ego.

Y sí, fue campo atrás.

Ella y yo lo sabemos.

Y tú.

Hablamos de todos los temas habidos y por haber. Conectamos. Hay química. Y física. Y la mitad de lo que hemos vivido hace más ruido que el ruido de un cañón. ¿Puede que Mavi me esté haciendo ver que el colectivo arbitral, en el fondo, no está copado por seres absolutamente infrahumanos y carentes de un aparato circulatorio cuyo epicentro reside en un apasionado y rojo corazón? Pues puede ser. Menuda mierda. Años y años de prejuicios para que venga ahora esta a tirármelo todo por tierra. Será una excepción. Pero que acabe yo saliendo con una árbitra es como si Batman se liara con el Joker. La vida da muchas vueltas y, ya ves tú, yo a Batman siempre lo vi un poquito maricón. Con cariño.

Estoy cómodo cenando y hablando. Estoy cómodo con ella, en general. Pero ya. No me apetece mucho más. Al menos de momento. No me cierro puertas, pero tampoco quiero abrir heridas. ¿O era al revés? Además, está Mayra. Sí, ya sé que con ella tengo una relación con unos cimientos exclusivamente tórridos, y que, a partir de ahí, no hemos sabido, o querido, construir nada más. A ver qué hago con ella. Voy dejándome llevar con Mavi poco a poco, como si estuviera en una colchoneta de playa a la deriva en la Manga del Mar Menor. Confío en ella. Es árbitra, joder, qué puede salir mal. Se supone que tiene un código deontológico o algo por el estilo que le hará mantener el secreto profesional.

Me dice que también le suenan esos entrenadores de los que le hablo. Pero porque algunos llevan mucho tiempo aquí. Y por aquí creo entender que se refiere a la liga, al pueblo, no sé. Si han de sonarle de otra cosa, dice, no lo sabe. Pero el que no sabe soy yo. No sé si ir al psicólogo. O, peor aún, al neurólogo. No sé si ignorar todo esto y seguir con mi vida. Y con ella, tampoco sé. Me gusta. Como persona en general. Tenemos cosas en común y todo eso.

Que me la follaba, vaya.

—Oye, Mavi. Hablando así un poquito de todo. ¿Tú no sabrás de algún psicólogo?

—¿Un psicólogo? —dice extrañada, como alucinando por que un tipo como yo acabe recurriendo a una ciencia en la que no todo el mundo confía. Y, bueno, tampoco es para tanto, habría que ir cambiando esta concepción que tenemos de la psicología. Igual somos así de idiotas en este país porque vamos entre poco y nada al psicólogo. Qué sé yo. Dejadme.

—Sí. Le estoy dando demasiadas vueltas a las cosas y necesito un poco de orientación.

—¿Orientación? Tú lo que necesitas es un buen polvo. Y da la casualidad de que me muero de ganas de verte galopando encima de mí.

—Hostia... —alucino.

Así, al menos, me había imaginado la conversación en la cabeza varias veces. Me quedaba mirándola fijamente fingiendo atención, pero en mi imaginación estaba redactando el guion de lo que le quería plantear. Me escribí mentalmente muchos diálogos en pocos segundos. Todos acababan en sexo. En unos, con ella; en otros, en mi habitación, conmigo mismo.

Pasan los minutos y la cena está llegando a su fin. Necesito alguna excusa para que venga a casa. O para ir yo a la suya. Pero estoy totalmente en blanco y se me acaba el tiempo. Y esta vez no podré recurrir a gritarle «era campo atrás» desde lejos. Como si aquello hubiera servido de algo.

Idiota, que eres un idiota.

Al final, me vienen a la cabeza dos maneras de afrontarlo.

La primera me la comentó un amigo hace ya muchos años. Hablaba de la cantidad de disgustos, malentendidos y pérdidas de tiempo que nos ahorraríamos si habláramos claro en cada momento.

—Oye, ¿que si quieres follar?

Y fin.

Pero tenemos que edulcorarlo todo y vestirlo de una manera que nunca parezca lo que de verdad es. Porque cómo vamos a osar dos adultos en nuestras plenas facultades físicas y mentales querer tener sexo el uno con el otro, por dios. Eso mismo, por dios. La religión. Iba a decir la «maldita religión», pero no quiero herir más sensibilidades de las debidas. De todos modos, ya está dicho. Siglos de encorsetamiento emocional que nos han robotizado de tal manera que no nos permiten disfrutar libremente de nuestro cuerpo, pero a veces ni siquiera tampoco podemos hablar de ello. Chist, quieto, niño, que te vas a quedar ciego.

La segunda la aprendí de Ernesto Alterio en *Días de fútbol*: «a los treinta años ya no hay trallón». Y si treinta lo multiplico por dos y reflexiono sobre el poco tiempo de vida que me queda y lo poco que, a su vez, quiero desperdiciarlo, solo me quedaría despejar la equis.

—Mavi, mira, a mí me gustas mucho, y la realidad es que me encantaría que te vinieras a mi casa. No sé si me explico.

A tomar por culo todo ya, hombre.

Alucina con mi repentina sinvergonzonería. Pero, a la vez, le encanta. Se lo noto en los ojos achinadillos y en esa media sonrisa pícara que deja ver. Lo bueno es que tampoco hace el esfuerzo de hacerse mínimamente la ofendida.

—Por fin parece que vas a arreglar la garrulada del otro día, Pablete.

Joder, esta tía mola.

Y al final es verdad que a los treinta no hay trallón.

27

Mierda. Me acabo de acordar de que mi casa es un drama. Bien podría ser una mezcla entre la Franja de Gaza y Cisjordania, los baños de un *after* y la Castellana la mañana después del desfile del Orgullo. La última vez que limpié a fondo creo que Mr. Propper tenía el tupé de Bustamante. A ver qué excusa me invento ahora para que mejor vayamos a la suya.

—¡Ay! ¡Las llaves! ¡Me cago en la puta! —le digo actuando peor que Mario Casas en *Los hombres de Paco*. Bueno, peor que Mario Casas en general.

—¿Qué pasa?

—No las tengo encima. Y eso solo puede significar que me las he dejado puestas.

—Bueno, no pasa nada. Llamamos al seguro y tal, ¿no?

—Ah sí, buena idea —le digo afirmando sin convencimiento.

—O espera, mejor aún, ¿tienes a mano una tarjeta que no te valga?

Pero ¿esta tía sabe abrir una puerta con una tarjeta? Es una diosa.

—No, mira, déjalo. Menudo follón a estas horas. Mejor mañana ya con más tiempo. ¿Te importa si vamos a tu casa?

—¡*Gñé!* —gruñe.

No es tonta.

Tiene una casa bonita. Cuca. Discreta. Sin chorradas. Me gusta. Una casa dice más de uno mismo que lo que pueda decir esa misma persona con su voz. El orden, la decoración, el colorido, la distribución o el tamaño de la tele. Elementos que te cuentan cómo es el dueño. Y por eso no quería que viniera a la mía porque de un plumazo iba a descubrir que soy un desastre, un desordenado, un guarro, y que en las estanterías lo mismo te encuentras una réplica en miniatura de la Copa de Europa que un muñeco cabezón de John Locke.

Me ofrece una copa. Es lo mejor para empezar, para qué nos vamos a engañar. Creo que un Martin Miller con tónica premium me vendrá lo suficientemente bien para rebajar la tensión, pero será una dosis lo suficientemente escasa como para que no se me rebaje nada más. Además, a mi sistema digestivo siempre le ha sentado de lujo, y esa es la zona donde, desde pequeñito, como ya sabéis, siempre se me ha agarrado la ansiedad.

Nos ponemos un poco melosos.

Bizcochones.

Me acerco.

Se acerca.

La boca le sabe muy bien. Este era uno de mis mayores miedos. Si no disfrutas del sabor de la boca de tu pareja, date por jodido. Los cuatro labios y las dos lenguas van a estar en el mismo espacio-tiempo muchas veces, y es una conjunción que tiene que funcionar a la perfección; si no, no hay posibilidades de éxito. Le sabe bien. Le sabe a gloria, qué carajo. Además, tiene los labios carnositos, esponjosos. Disfrutamos y nos dejamos llevar por el sentido del gusto. Ambos estamos más bien gorditos. Sobre todo yo: mi apartado en una web porno sería «osito». Pero ella está genial. Justo como a mí me gusta. Un roce por aquí, un apretón por allá. Disfrutamos con pasión de ese sentido cuyos receptores tenemos en la dermis. Sentido que a su vez tiene muchas ramificaciones. Es el más completo de todos.

Nos levantamos.

Con la mirada lo decimos todo.

Vamos a su habitación. Vamos a la habitación, la única que hay. Cuando entro, el sentido de la vista me juega una mala pasada. Un cuadro convenientemente colgado en una esquina me despista. Me desconcentro. Ni siquiera está en mi campo visual ni, por supuesto, cuelga en plan Jesucristo encima del cabecero de la cama. Está ahí encima de una cómoda blanca con tiradores negros que a todas luces parece del IKEA. Pero da igual, de cualquier manera me saca un poco de ese *in crescendo* que estaba sintiendo en mi entrepierna.

Nos seguimos besando. Hay un ligero choque de dientes, piño con piño. Una torpeza fruto de lo desentrenados que estamos los dos. No obstante, sirve para que nos riamos de nosotros mismos. Me vuelvo a relajar. Me dejo llevar. Nos volvemos a besar. Trato de desnudarla. Soy extremadamente torpe. Trato de desnudarme. Peor aún. Se me enreda el pantalón en mis gruesos gemelos y casi caigo de boca contra su tripa. Mi punto culmen del ridículo viene cuando me cuesta abrir lo necesario el cuello de la sudadera para que el tremendo almendruco que tengo por cráneo salga por él. Finalmente, consigo ambos propósitos. Pero cuando por fin estamos haciendo el piel con piel me voy. O sea, no me voy de irme. No me refiero a la eyaculación. Me voy, me desconcentro del todo.

El cuadro.

Ese cuadro.

Ese señor concreto del cuadro.

—¿Qué pasa? —me dice, ya medio enfadada.

—Perdona, me he despistado. Lo siento.

—¿*Perdooooona*?

Sí, alargando mucho la «o» y moviendo el cuello en eses como una de las primas de Will Smith en *El príncipe de Bel-Air*.

—Es por el cuadro.

—¿Qué cuadro?

—Ese que está encima de la cómoda del IKEA.

—No es del IKEA.

—Bueno, lo que sea.

—¿Y qué pasa con él?

—¿Quién es? Noto su mirada clavada en mi frente.
—Es mi padre.
—Ah.
—Era mi padre, mejor dicho.
—Oh. Vale. Me callo. Lo siento.
Solo que, ya me conocéis, no puedo callarme.
—¿Qué le pasó?
A tomar por culo el sexo, eso ya lo damos por descontado. Se gira, se revuelve y al final se incorpora, tirando de la sábana hacia arriba para tapar sus pechos que, no venía a cuento y por eso no había comentado nada, son muy bonitos. Un poco caídos, pero nada importante. ¿Veis? Me despisto con facilidad. La mente manda. Y en mi caso es ingobernable.
—Bueno, murió. No hay que darle muchas vueltas a la muerte. Ya lo tengo más o menos superado —me dice con un rictus serio, sin un ápice de tristeza ni enfado.
—Vaya, lo siento mucho.
—Fue un gran referente para mí. Como ya habrás deducido por la foto, era árbitro profesional.
—¿Qué? ¿Cómo se llamaba?
—Daniel.
No puede ser.
No.

CAPÍTULO VII

28

Aquel año aprendimos mucho. No por mucho madrugar amanece más temprano, dicen, y de nada vale batir récords concretos en deportes que se rigen bajo una competición reglada y organizada alrededor de torneos anuales en los que uno gana y el resto pierde. En atletismo, por citar un deporte individual, puedes celebrar la mejor marca del año, el récord nacional o mundial, o incluso puedes ganar y disfrutar de vencer en carreras sueltas, qué sé yo. En ciclismo, por otro lado, a veces ganando una etapa de una gran vuelta ya puedes alcanzar cierta fama nacional. En los deportes de equipo no. O ganas el título, o todo es un fracaso. Y de nada sirve hacer un temporadón tremendo si al final pinchas en los momentos clave. Y esto, que en el fondo ya deberíamos haberlo traído sabido de casa, lo aprendimos aquel año. Lo aprendimos a hostias, todo sea dicho.

Aquella temporada no calibramos bien nuestros esfuerzos y acabamos por pagarlo al final de la liga. Llegamos fundidos física, emocional y anímicamente. La presión que nos habíamos impuesto al hacer unos primeros meses tan magistrales fue terrible. Después de deslumbrar al Viejo Continente ya solo valía ganarlo todo, y ganarlo fácil. Y cuando solo te vale eso, el fracaso está prácticamente asegurado, a solo un desliz de distancia. A un pequeño detalle mal gestionado. A una bronca mal echada que conduce a una dinámica negativa de la que ya es imposible salir. Además, durante el curso pasan cosas. Y por cosas que pasan me refiero a que los que estamos en la élite somos personas, que diría el Neng de Castefa. Y las personas tienen problemas personales, valga la redundancia. Y afectan al juego. Vaya que si afectan. Y aquella temporada, yo, por lo que sea, no estuve bien.

Nos plantamos en la final de la Copa de Europa prácticamente sin esfuerzo. Con una confianza extrema en nosotros mismos. Nos creíamos invencibles. De hecho, hasta ese día, casi se podría haber dicho que lo éramos. Pero no conseguir ganar en los cuarenta minutos nos bloqueó mentalmente y ya no levantamos cabeza, ni en ese partido ni el resto de la temporada. La prórroga se nos hizo bola, y la bola nos pasó por encima como en los encierros de Mataelpino.

Creo que, cuando acabó el partido (visto ahora en perspectiva), no gestioné bien las emociones: ni las suyas ni las mías. Ellos estaban hundidos. Y era lógico. Pero mi labor era levantar esos ánimos, dar una charla motivacional de las mías. Decirles que la temporada aún no se había acabado y que teníamos trabajo por hacer. El problema era que yo estaba peor que ellos. Pero no por la derrota, que también, sino por lo de mi madre.

29

Mis padres tenían una tiendecita en el pueblo. Un ultramarinos. Lo que ahora sería un chino. O un badulaque. Como el progreso llega siempre más tarde a la España Vaciada, ellos no se vieron agobiados por el impacto de los grandes supermercados o de los centros comerciales. Juan Roig no tenía ningún interés en que una civilización fuera construida en torno a uno de sus locales en aquella comarca. Así pues, la tienda sobrevivió al paso de las décadas.

El alzhéimer se lo diagnosticaron diez años antes de la final esta que os cuento. Empezaron a notar que algo no iba bien porque mi madre se equivocaba con operaciones matemáticas sencillas, olvidaba dónde estaban cosas que tenía delante de sus narices o se quedaba mirando a la nada durante algunos segundos. Al principio, como es normal, se achacó al cansancio, a la vejez o a un compendio de todo. «¿Para qué voy a ir al médico —decía—, que seguro que me saca algo?» Esa maldita frase que, de no haberse usado, tantos disgustos habría ahorrado en tantas familias. No somos conscientes del daño que hace esta puñetera cabezonería española, que parece que llevamos en los genes, que nos hace temer a los médicos, a los mal llamados matasanos, hasta que empezamos a verle las orejas al lobo. Y a veces ya es demasiado tarde.

Así que mi madre siguió como si nada. Y empezó a disimular. Delante de la gente, ella lo achacaba todo a la vista. «Ay, haz tú esta cuenta, por favor, que no tengo las gafas de cerca», decía. «Cógeme el este que está en el ese, sí, ahí en este pasillo o en el de al lado.»

Y así fue tirando.

Mi padre, que también se puso la venda en los ojos, la justificaba constantemente y gastaba bromas para quitarle hierro al asunto.

—Tu madre está gagá. Ya no carbura.

—Ay, la edad, hijo, que no perdona —decía ella.

Pero vio la luz cuando empezó a ser imposible echarle más tierra encima al problema. Olvidaba asearse, peinarse... o todo a la vez. Llegaba a la tienda hecha un auténtico *eccehomo*. Como el de Borja, pero con ceras Manley y retocado por Eduardo Manostijeras.

Finalmente, fueron al médico, pero obviamente ya poco se podía hacer. El deterioro era galopante e irreversible. Mi madre se estaba olvidando de todo. Estuvo yendo a una terapia de estimulación cognitiva que queremos pensar que sirvió, aunque fue difícil calibrar su impacto, ya que a peor era imposible ir. A esas alturas, la falta de memoria era ya el menor de los problemas. Se le agrió el carácter, y la frustración y la tristeza empezaron a dominar su vida. Lo más duro llegó cuando todavía era medianamente consciente de lo que le estaba pasando.

En ese momento, mi padre tomó una determinación: dejarlo absolutamente todo y centrarse en cuidar de mamá. Económicamente, no había problema. Tenían remanente de sobra, y la vida allí no era para nada cara. Yo, además, ganaba suficiente pasta y estaba dispuesto a ayudarlos. No hizo falta, de todos modos. Mi padre se comportó como un fenómeno aquellos años. El ejemplo que nos dio a todos fue increíble. Dejó incluso de ser él para centrarse en ser al cien por cien un complemento de su mujer. Cada día la ayudaba a levantarse, la duchaba y, lo más bonito de todo, la peinaba y la maquillaba. Era emocionante ver a mi padre, un señor de pueblo de los de toda la vida, tan entregado, rímel en mano, rizando las pestañas de la que no demasiado tiempo atrás era una mujer coqueta, atractiva y siempre muy pendiente de su aspecto exterior. Por el qué dirán, claro. Cuando llegaba el momento, también le cortaba el pelo o le pintaba las uñas. Fue, como os digo, maravilloso. Un pequeño oasis de bondad en un mundo que nos estaba demostrando ser muy hijo de puta. Mientras el tiempo corría y corría, y luchaba por llevarse a mi madre, en el otro lado, su marido no paraba de tirar de la cuerda, en una especie de sogatira que no iba a poder ganar, pero que sin duda iba a retrasar todo lo que fuera posible.

Paseaban de la mano a diario, y mi padre hablaba muchísimo con ella. Le iba narrando todo lo que veía. Todas las tardes y todas las noches, le leía. Juntos disfrutaban de Ruiz Zafón o de un novel Gómez-Jurado. Estaba obsesionado con que su cerebro siguiera recibiendo palabras e información que le obligaran a procesar. Y todos estamos seguros de que aquello contribuyó a que mi madre viviera más. O que, al menos, lo que vivió lo viviera mejor.

30

Tres días antes de la final a cuatro de la que os hablaba, concedí el día libre a todo el equipo y al cuerpo técnico. Creía fundamental rebajar la tensión antes del gran evento. Nunca quise ser de esos entrenadores que creen que enclaustrar a sus jugadores les va a mantener concentrados al cien por cien en su tarea. Tratar a las personas como gladiadores o, más triste aún, como toros, como si fueran a salir como locos a comerse el mundo después del encierro, me parecía, y me parece, algo pleistocénico. Nosotros acordamos dar, en momentos puntuales, días de absoluta libertad para que cada uno hiciera lo que más necesitara: estar con la familia, ir al cine, pelársela como un mono con vídeos de Leticia Sabater, no hacer nada o darle vueltas al catálogo de Netflix para al final acabar viendo *Los Serrano*. Lo que sea. Y funcionaba. Los jugadores se sentían arropados, queridos y valorados como personas, no como mera mercancía. Y los resultados acompañaban. Jugar con la conveniente relajación mental, sin olvidar, claro, la tensión competitiva, era infinitamente mejor que jugar cabreado y encarcelado mental y físicamente.

Ese día libre me fui al pueblo con mis padres. Solía ir con ellos de vez en cuando. Iba poco, no tengo por qué engañar a nadie. Ellos, por motivos obvios, hacía años que no venían a verme a mí. No sé si yo era la montaña o Mahoma, pero, entre unos y otros, nos juntábamos realmente en muy contadas ocasiones. Por eso me sorprendió tanto ver a mi madre así. Guapísima, como de costumbre. Mérito suyo, de lo bonita que fue siempre de manera natural, y de mi padre, por mantenerla de esa forma tan viva día tras día. Pero su mirada estaba más perdida de lo habitual. No reparó en mi llegada. Cuando la saludé, puso una cara muy amarga. No me reconoció. No sabía ni quién era ni cómo me llamaba.

La punzada en el alma que sentí tuvo su eco en la eternidad. Ver el cuerpo de mi madre, viva pero muerta, fue lo más doloroso que había sentido hasta la fecha. Era mi madre, porque allí estaba ella, la estaba viendo, oliendo y percibiendo, pero no era mi madre, porque dejó de serlo en el momento en el que no me miró con los ojos con los que una madre mira a su hijo. Ese día noté que la había perdido para siempre. Y de golpe sentí que no había sido un buen hijo. No estuve con ella cuando tenía que estar, y ahora ya era tarde. Seguía viva, pero mi madre ya no era mi madre. Y yo ya no era su hijo.

Salí de casa con el corazón encogido. Con la carne de gallina y al borde de las lágrimas. Porque una enseñanza pésima de mi padre cuando era un chiquillo fue esa: ¡no se llora! Y entonces, cuando no se discutían las filosofadas de los mayores, no te quedaba otra que asimilarlo, hasta el punto de que esa idea se te tatuaba bien dentro y te hacía daño por partida doble: el dolor en sí y el que te provocaba la prohibición de sacarlo fuera.

Pero lo saqué. Esa vez lo saqué. Me maldije. Me eché la culpa de todo. Por no haber estado y por no haber sido. Y eché la culpa de todo al baloncesto. Con tal de descargarme de mi propia responsabilidad, era capaz de echárselo todo encima a quien no se podía defender: un inocente deporte, un simple juego. Ese maldito deporte que me enamoró y me atrapó en su red como aquella araña gigante hizo con Frodo, o como las drogas con Maradona. El baloncesto me lo dio todo personal, deportiva y laboralmente. Era mi trabajo y era mi *hobbie*. Era mi pasión y era mi modo de vida. Todas las noches me acostaba pensando en esferas naranjas que volaban de un lado a otro en un campo rectangular y me levantaba dibujando jugadas imposibles en pizarras blancas gigantes. Los huequecitos que sacaba eran para mi mujer, primero; y para mi hijo, después. Pero el orden se invirtió, y a mi mujer no le quedó más remedio que pasar a un segundo plano. Pero en qué puto plano dejé a mi madre, ¿eh? En la puta estratosfera de los planos. No estaba ni en mis pensamientos diarios. Y ahora era yo el que había desaparecido de los suyos.

Para siempre.

Me quise morir. No literalmente, claro. Pero sí que me habría dejado a gusto tragar por la tierra. Que el mundo se hundiera a mis pies y que al final todo fueran universos paralelos en los que la cagas y puedes volver a empezar de cero.

Pero no.

Dos días después, tenía la competición más importante de mi vida y, por supuesto, no podía entonces dejarlo todo. Y no lo dejé. Juro que hice todo lo que estuvo en mi mano para que mi nueva situación emocional no afectara al rendimiento del equipo. Pero afectó. Todos me notaron raro, irascible, tirante. Pero nadie fue capaz de sospechar nada porque lo achacaron a la presión del momento.

Así pues, al final, aunque no quería, no me quedó más remedio que seguir ese absurdo consejo de mi padre nacido de esa España de Franco y que recorrió medio siglo hasta clavarse en mi cerebro de entonces. Me lo tragué, como Apolonia, todo. Tiré para adelante como si nada; hundiendo la cabeza como un avestruz, oliendo barro y comiendo gusanos.

Y así me fue.

CAPÍTULO VIII

31

La flacidez conquista mi entrepierna con todas sus tropas. La superioridad física y numérica es brutal, y no voy a ganar esta batalla. Es tarde para acudir a la pastillita azul y, además, no tiene sentido a estas alturas. Es el cortarrollos más gigantesco que he vivido y que viviré, solo comparable con aquella vez que estaba viendo Canal Plus y mi madre entró para decirme que qué tal llevaba el examen de Latín. La que sabía latín era la del otro lado de la pantalla, *mamma mia*. Ser consciente de que estaba teniendo una especie de relación con la hija de uno de mis archienemigos ha sido puro hielo en mis venas. Como si me inyectaran nitrógeno líquido en la uretra. Imposible salir de ese bucle.

—Es muy fuerte, Mavi.

—Ya, bueno...

No está enfadada, pero sí algo decepcionada, triste. Ella estaba entregada y, de repente, un señor mayor que estaba compartiendo su saliva con ella se ha puesto a hacerle preguntas sobre su padre fallecido. Contenta contenta no está, no. Pero tampoco está furiosa. En el fondo, comprende la situación. Siente empatía y sabe que es normal que a mí me haya impresionado de esa manera.

—Sinceramente, creía que lo sabías. ¿No viste mi apellido en el acta?

—Yo qué sé. Me fijé en el acta, no te voy a engañar, pero iba buscando otras cosas.

—Ya —me dice, rindiéndose.
—Además, estoy un poco despistado últimamente. No me centro, no me centro. Estoy opaco, verdoso. Estoy que no estoy.
No tenía ni idea de que Daniel había muerto. Nunca mantuve una especial relación con ningún árbitro. Bueno, ni especial, ni normal, ni cordial. Tuvimos cero relación. Como ladrones y policías. Como cazadores y zorros. Como Telecinco y Canal Historia.
—Solo una cosa, Mavi.
—Dime, Pablo.
—¿Qué decía él del campo atrás?
Soy un puto brasas.
Nos vamos al salón. Al sofá. ¿O al sillón? Nunca recuerdo la diferencia entre ambos muebles. Trato de cambiar un poco de tema. Me he vuelto a meter en un jardín, mucho más gordo que el anterior, y ahora a ver cómo leches me pongo las katiuskas, que aparte de ser unas botas de agua podrían ser un gran pívot lituano, y salgo de aquí sin estropear los rosales. El tema es espinoso, y es mejor no pinchar ni pincharse. No tenemos confianza suficiente y tampoco me quiero meter donde no me llaman, aunque me muera de ganas por saber más. Es como si esta repentina revelación hubiera acelerado conexiones sinápticas que hasta entonces estaban un poco aletargadas en mi cerebro. Pero no, no puedo. Que acabo de dejarla a medias, macho. El caso es que…
—Perdona que te lo pregunte, pero estamos intimando, nos estamos conociendo, y la verdad es que me apetece saber más de ti.
—Pablo… —me dice con cara de súplica.
—¿Qué le pasó a tu padre? Era más o menos de mi edad, creo recordar.
Cuando quiero, puedo llegar a ser un maldito grano en el culo.
—Pablo, de verdad. No quiero hablar del tema ahora mismo.
—Llevas razón. Soy lo peor. Lo siento mucho.

—Además. Es mejor que no quieras saber más, Pablo.
—¿Cómo? —le digo flipando en colores.
—Déjalo, en serio. Yo creo que lo mejor es que te vayas a tu casa. Es tarde.

Pues nada, me voy, hija, me voy, no te pongas así. Estoy en un punto de lucidez mental en el que quiero saber más. Y ella da la impresión de saber más. El tema es complicado. Su padre murió, y no sé qué leches le pasó. Y yo no debería, según ella, querer saber más. Pero quiero saber más. Quiero saberlo todo. Pero también está el tema de que acabo de dejar a la pobre Mavi con el orgasmo a punto de nieve y yo me he puesto a hacerle preguntas sobre un cadáver.

Soy un idiota.

Me piro.

32

Me voy a casa dando un paseo. La recomendación del mamarracho del médico sigue haciendo mella en mí. Bueno, me vendrá bien. Repaso mentalmente todas las cosas que me están pasando estos días para tratar de unir piezas. Piezas de algo que no sé si es un puzle, un lego o una paja mental. Que soy un fracasado, que le doy a la bebida y a las grasas saturadas es una realidad que a buen seguro no ayudan a mi equilibrio psicoemocional. Puede ser que esté pasando algo o puede ser que me esté volviendo gilipollas. Más gilipollas, quiero decir.

Y, claro, no quiero decirlo ni pensarlo, porque me da un miedo terrible, pero siempre tengo presente el temor a que me pase lo de mi madre.

Me aterra.

A ver, todos esos entrenadores con los que he sentido una especie de conexión, aunque solo sea unidireccionalmente, ¿me suenan por ser entrenadores o por otra cosa? ¿Los conocía y los he olvidado? ¿Lo del padre de Mavi? ¿Qué? Pura casualidad. No puede ser otra cosa. No seas idiota, Pablo. Esto no es El *show de Truman* ni la isla de *Perdidos*. Por supuesto, tampoco es un sueño de Antonio Resines. Esto es la vida real y te estás volviendo completamente tarumba. Estoy gagá, como Lady. No carburo.

El día ha sido larguísimo. Muchas emociones, buenas y malas. Lo mejor será no sacar conclusiones precipitadas. Vaya, que es el momento exacto en el que una copita me va a sentar como dios. Pero solo una, que luego me levanto cabezón. En el trayecto que tengo que recorrer desde casa de Mavi a la mía, hay dos garitos de los que he oído hablar: el Magic y El Doblón. Por lo que cuentan, en El Doblón la gente va ya muy pasada de rosca y de otras cosas, mientras que en el Magic es probable que me encuentre algún niñato o, vete a saber, a algún chaval del equipo. Ambas opciones tienen pros y contras. Y no sé si quiero estar tranquilo y tomarme un cubata en copa de balón o dejarme llevar y apretarme tres en vaso de tubo. No sé.

Decido sobre la marcha.

El puerta de El Doblón es un tío muy grande. Mayor. Bastante alto y fuerte. Botas negras con puntera nazi y el peinado de Xavi Hernández en el Mundial de 2010. Con un marcado acento croata, me dice que entre. El caso es que... Joder, pero ¿qué hace este tío aquí? Veo en la barra de la izquierda, que está coronada con un timón de barco y una calavera que no sé si dejaron allí en Halloween o si es la decoración oficial del tugurio, una rodaja de limón pisado, dos o tres servilletas y los cascotes de lo que hace un rato seguro que era una copita bien fresca. Al lado de esa entropía aparecen unos zapatos negros como de niño de orfanato, con unos pantalones pesqueros que no se diseñaron con esa intención y, entre ambos, unos calcetines blancos con dos rayas rojas, de los que te regalan en la tienda de deporte del barrio por comprarte unas Kelme Villacampa. Subo la vista. Cara de creerse más listo de lo que es y gorra de Porsche. Me hace gestos con la mano. Parece estar solo.

—Pero ¿qué haces aquí, mamonazo? —me grita.

Ya os dije que no me gusta nada la gente que es efusiva de primeras. Esos que se toman confianzas de manera unilateral, sin diálogo y atentando contra la Constitución. Y si a esa confianza desorbitada le sumas un aliento a medio camino entre una bayeta sucia y un vaso de leche agria, lo que tienes es una mezcla irremediablemente repulsiva.

—Eh —le digo, con toda la ilusión que me sale de dentro.
—Ven, que te invito a una copa.

Bueno, pues por lo menos algo voy a rascar. Sabe cómo ganarse mi confianza. El muy cabrón. Mientras nos ponen la copa, hablamos de esto y de aquello. Del equipo. De mi vida en el pueblo. Su mirada es de autosuficiencia. Se la pela todo lo que le estoy contando. A él solo parece importarle lo que cuenta él mismo. Me dejo llevar. El alcohol ayuda, claro. Siempre se me ha calentado el hocico cuando me tomo dos o tres chispazos. Con el cuarto, no controlo. A partir del quinto, imprevisible. Le cuento, de manera resumida, mis desvaríos, mis preocupaciones y mis desvelos. Veo en él, quizá por nuestro porcentaje de alcohol en aire expirado, lo que buscaba encontrar en Pepe cuando le dejé caer mis rayadas mentales. Parece que ahora me escucha con atención. Me da consejos que me daría cualquier tarotista de televisión local. Cualquier tarotista en general. Consejos de *El diario de Patricia* o de *Hablar por hablar*. Para decirme eso mejor no digas nada, mendrugo, pienso yo. En fin, bebemos y hablamos un rato. El bajón me entra rápido. En el fondo me ha venido bien encontrarme con este tipo: yo quería una copa y no enredarme, y, gracias a él, la copa me sale gratis, y además me da tanto asco estar con él que enseguida me entran ganas de irme.

Las once de la mañana. He dormido del tirón como hacía tiempo que no sucedía. Hoy no tengo la sensación de haber soñado nada. Me levanto de un salto. Café con tostadas y a comerme el día. Esta tarde tenemos partido. La sensación que da vueltas en mi cabeza es que la vida vuelve a correr muy rápido. Cuando salí de los focos mediáticos, fue como si me hubiera bajado de un tren que me llevaba a toda velocidad. La vida se paró y los días comenzaron a hacerse eternos. Siempre existe ese debate de la subjetiva percepción del tiempo. Y, al final, en el fondo, hay un consenso internacional: el tiempo pasa de una manera injusta. Premia a los aburridos, a los encarcelados y a los muertos en vida mientras castiga a los felices, a los que disfrutan de cada minuto. A los primeros les concede una vida pausada y larga. A los segundos, un fugaz tránsito de cigoto a gusano. No es justo. Y ahora parece que me he vuelto a montar en ese tren. En otro más lento; no es de alta velocidad, pero es un tren. Antes iba a patita y con muletas, ahora voy en un tren de los que te lleva a Extremadura. Pero, de momento, a mí me lleva al bar.

—Ponme una milnueve, Angelito, que jugamos dentro de un rato y el otro día nos diste suerte.

—Que sean tres, entonces —me dice.

Qué buena memoria tiene, el muy rata.

CAPÍTULO IX

33

La versión oficial fue que me rompí el tendón de Aquiles en un mal gesto en el primer partido de la final de la liga. Consideramos que aquella historia era la más apropiada para el parte médico oficial que colgó el club en redes y del que se hicieron eco todos los medios: «El entrenador tendrá que dirigir a su equipo en silla de ruedas».

Desde que, por primera vez, mi madre no me reconoció, había tomado la determinación de ir a visitarla mucho más. Iba en cada hueco de más de seis horas que tenía, ya que había dos de ida y otras dos de vuelta en coche entre mi casa y el pueblo. Viajaba allí, trataba de entablar conversación con ella, le enseñaba fotos, le hablaba de mí, de su nieto, del baloncesto que tanto amó. Pero nada. El resultado era siempre infructuoso.

Fue ella quien me apuntó a baloncesto cuando yo tenía seis años. En el San Viator, claro. Dónde si no, como tu hermano mayor, insistía como teniendo muy claro mi destino. Allí, como ya os dije, se me curtió el carácter. Me hice inmune al frío, al calor, a la humedad, a la lluvia y hasta al granizo. Mis manos y mis rodillas solo se diferenciaban de un estropajo de rascar ollas sucias por el color y la capacidad de regeneración. Y a veces ni eso.

—Algún deporte tienes que hacer, Pablo, el que sea, pero algo hay que hacer —me decía ella muy preocupada por mi incipiente sobrepeso.

No es que estuviera gordo, sino que fui uno de esos niños de metabolismo tardío, que hasta que no pegué el estirón no se repartió la carne adecuada y equitativamente alrededor de mis huesos. Estirón que frenó pronto, todo sea dicho. Me quedé en mis uno ochenta y poco, pero seguía siendo considerablemente alto para el resto de la sociedad.

—El año que viene, si quieres, elegimos otro deporte, el que quieras, pero este año empezamos por baloncesto —me decía en una especie de negociación que solo podía ganar ella.

Y nunca cambié.

Fue la mejor decisión de su vida y no tendré resurrecciones suficientes para agradecerle a mi madre que me obligara a apuntarme a baloncesto aquella calurosa tarde de septiembre de hace demasiado tiempo. No me imagino sin baloncesto. Y, peor aún, no me imagino sin la mujer que me hizo enamorarme de él.

Después del primer partido de *playoff* de aquella final, decidí coger el coche e irme para allá. Habíamos perdido, pero, aunque el runrún de que estábamos en horas bajas era generalizado, seguíamos siendo favoritos para las casas de apuestas y las encuestas nada partidistas de *El chiringuito*. Pero no nos gustaba cómo estaba cazando la perrita. No nos gustaba la orina del enfermo. Se veía en las caras. Eran un poema. Pero uno malo, de estos de Instagram modernos.

Tu cara.
Un poema.
Tu cara.
Un puto poema.
Tu cara.
Mi polla en tu cara.

Una cosa de ese estilo. Un poema de estos tan malo y vacío que necesita introducir dos o tres palabrotas para darle un poco de énfasis. Lo que estoy haciendo yo con esto que escribo, básicamente. Era un quiero y no puedo. La dinámica en la que nos habíamos metido era tan mala que el sobreesfuerzo, físico y mental, que íbamos a tener que hacer para ganar aquello habría de ser sobrehumano.

Cuando llegué, mi madre estaba acostada en su cuarto, y mi padre leía en el salón. No me había parado a pensar en lo viejo que se estaba haciendo. Todos los años en los que tanto peso llevaba cargando a sus espaldas le estaban haciendo mella. Sus entradas, cada vez más prominentes; su pelo, totalmente blanco; y la piel, perdiendo su particular partido contra la ley de la gravedad. Los que permanecían jóvenes eran sus ojos. Se desvivía con ilusión por cuidar de su mujer. Ser el complemento perfecto de mi madre era lo que ocupaba su vida, y lo estaba haciendo de vicio.

«Y qué va a ser de este hombre cuando mamá no esté», pensaba yo.

Hablé con él. Nos desahogamos y nos echamos cosas en cara. Lo clásico en nosotros. Él, en silencio, porque fue un hombre que jamás sacó al exterior ningún sentimiento que le hiciera parecer sensible, estaba sufriendo muchísimo, pero todo lo aderezaba con un humor forzado y risas en lata. Para él, y para otra mucha gente, hubo un momento en el que yo dejé de lado a mi familia por impulsar mi carrera profesional. Llevaba razón, pero no era momento ni lugar de discutir sobre el asunto. O quizás es que yo me estaba convirtiendo en él, y tampoco quería sacar al exterior cosas que tenía dentro que, a buen seguro, hubieran desembocado en una acalorada discusión. Nos reímos emulando anécdotas del pasado. Si algo tenía mi padre era desparpajo para contar siempre las mismas batallitas y que resultaran igual de graciosas que la primera vez. Me estaba contando aquella historia del día en el que estando en el trabajo se tiró un pedo, cuando oímos un ruidito. Mamá gimoteando en sueños, parecía ser. Y, de repente se levantó de la cama, salió de su habitación y vino al salón, donde estábamos los dos.

—¡Hola, hijo! —dijo, muy efusiva y contenta.

No podía ser.

Me había reconocido. ¡Me había reconocido! Después de meses en los que a todos los efectos ella había dejado de tener un hijo llamado Pablo. No fui capaz de articular palabra. El impulso primario que me pidió el cuerpo fue correr y abrazarla con todas mis fuerzas. Si no le fisuré una costilla, cerca anduvo.

—¡Mamá! Cuánto tiempo, por favor... —dije con voz entrecortada.

Es de esos momentos de la vida en los que no recuerdas con detalle todo lo que se dijo y lo que sucedió, porque la emoción fue tan fuerte que solo te quedas con eso: la explosión de felicidad de reencontrarte con un ser querido que creías desaparecido. Es muy difícil explicarlo con palabras; solo el que haya vivido algo similar puede llegar a entenderlo: como esos niños que vuelven a ver a sus padres después de pasar dos años en la guerra de Irak, o como la muchacha aquella de *Sorpresa, sorpresa* a la que le fue a visitar Fernando Redondo a su casa. Era una mezcla entre amor, felicidad, liberación y un puntito de locura. Como si me hubieran quitado un yunque del pecho. El abrazo duró unos segundos, pero me pareció la vida entera. Un abrazo lleno de vida y de amor. Un abrazo en el que ambos corazones volvieron a latir a la vez, como aquellas cuarenta semanas que pasé en el interior de su útero. Qué poco valoramos el tremendo esfuerzo con el que nuestras madres nos traen al mundo. Su labor es incalculable y resulta imposible devolverles todo el amor que nos concedieron.

Hacía meses que no hablábamos, y años en los que no teníamos una conversación en condiciones. Le conté todo sobre mi vida: el título que teníamos en juego, el que perdimos hacía no mucho, qué tal estaba su nieto, lo fría que estaba mi relación con mi mujer. Sus sentimientos, o eso pude deducir del brillo de sus ojos, eran de alegría por poder compartir esos instantes con nosotros, pero a la vez de miedo, porque sabía que su mente iba a poner el salvapantallas de un momento a otro. Ella no tenía mucho que contar, solo quería escuchar. Solo quería mirar. Solo quería sentir. Sentir de nuevo que era mujer, que era esposa, que era madre. Quería sentir de nuevo que estaba viva y que estaba allí, con nosotros dos. Quizá no fueron más de tres o cuatro minutos, pero me parecieron una inmensidad porque condensamos en ese tiempo todo lo que nos debíamos. Después de cada frase le decía todo lo que la amaba. Le daba las gracias por la maravillosa madre que fue. Y que seguía siendo, aun con todo. Le recordaba lo luchadora que había sido siempre, llevando la familia a hombros sin rechistar, haciéndose siempre la fuerte para que nunca la viéramos sufrir. Ella escuchaba, emocionada, deseando que alguien le diera una patada al reloj y se parara el mundo.

—¿Qué me pasa? —nos preguntó.

—Nada, que estás un poco despistada últimamente —le decíamos mi padre y yo.

Ella quería contarnos cosas, pero no sabía por dónde empezar, así que, como en un partido de tenis de mesa, miraba de uno a otro y no paraba de preguntar de esto y de aquello. Preguntaba por todo. Y le contamos todo. Y al final alcanzó a decir, como despidiéndose:

—Os amo, mis chicos.

Y tal como vino, se fue.

Sus ojos se apagaron y dejaron de brillar.

Volvió a mirar a la nada.

Cerró sesión y me quedé sin madre de nuevo.

Fundido a negro.

34

Lo que acababa de ser un momento catártico de absoluta liberación se había esfumado como un pedo en un estadio. No sé si había merecido la pena de verdad. Me quedé completamente en blanco. Como si me hubieran metido un triple desde medio campo para remontarme un partido que estaba en mi mano. Si hubo algún momento en mi vida en el que he estado cerca de tener pensamientos suicidas, fue este. Me sentía como si me hubieran vaciado por dentro con un cucharón de estos de coger la pasta.

Por suerte, y para sorpresa de exactamente ningún lector, no me suicidé. Ni siquiera fue una reflexión seria. Fue más bien uno de esos pensamientos intrusivos que se cuelan en tu cerebro, como cuando estás en un paso de cebra y tu cabeza decide pensar que podría ser divertido hacerle la zancadilla a esa vieja que va con dos bolsas del AhorraMás y provocar que se le desparramen todas las mandarinas por el suelo y acabe con el hocico besando la raya blanca. Además, aunque fue un palo, tenía mecanismos para tratarme psicológicamente estos y otros sinsabores de la vida.

El monte. Me iba al monte. No es original, lo sé, porque al final, en el siglo XXI, el campo empezó a cosechar más gilipollas urbanitas que setas. Aun así, es efectivo. Cogía las Quechua (siempre las llevaba en el maletero), me enfundaba el cortavientos, desataba al perro y nos íbamos montaña arriba en busca de nada concreto. Por el camino, quizás, hacer unas ranas en el lago. Mear en una piedra. Respirar aire puro. Lo típico.

Sí, tuve un perro. Lo cogí siendo un mowgli. Un cachorrito de una semana y media que apenas rellenaba la palma de mi mano. No habría sobrevivido sin mí. Yo lo eduqué, le enseñé todo lo necesario para salir adelante en este mundo de humanos donde los perros hace tiempo que perdieron su libertad. Era hijo de una camada de perretes que tuvo una vecina de mis padres. Muchos acabaron en la basura con el cuello retorcido, y yo quise sacarle el pañuelo amarillo por lo menos a uno. En los pueblos, se les han hecho terroríficas barbaridades a los animales. Al mismo tiempo, eran los que más los querían y cuidaban, pero también los que más los despreciaban y maltrataban. Lo mismo le curaban una pata torcida a una oveja merina que le pegaban un tiro a un águila imperial. No había filtro. Y yo quise indultar a aquel pequeño perrito. Lo llamé Niko. Siempre me han gustado los nombres cortos, de dos sílabas como máximo, y potentes para los perros, así se lo aprenden antes. ¡Niko, ven! Y venía. Luego, por terminar de contaros la historia del perro, que se me ha colado aquí como otro de esos pensamientos que vienen a tocarme los cojones, Niko se cansó de mí. Se cansó de mí porque yo viajaba mucho y no podía encargarme de él. Al final, lo sacaba sobre todo mi hijo. Estaba encantado de la vida con Niko. En definitiva, congeniaron, después de unos primeros años donde parecía que hasta se llevaban mal. Y ahora, ya ves tú, mi hijo me odia y mi perro me desprecia. Ay, la vida. Ay, Niko.

Ya me imaginaba escalando alguna roca sencillita y poniendo los brazos en jarra en todo lo alto. Era lo que entonces más necesitaba. Tenía que salir de aquella casa y pasar la triste página que acababa de vivir con mi madre. Dos días después jugábamos el segundo partido de la final y tenía que sacar lo mejor de mí mismo. Lo que no imaginaba era lo que me iba a suceder justo en ese momento.

Ya tenía esas rígidas botas tan apropiadas para el campo, pero tan incómodas de poner y de apretar con sus tropecientas vueltas de cordón, cuando noté la llamada de la jungla. Sufría, y aún sufro, de colon irritable. Básicamente (y simplificándolo todo lo que puedo), eso significa que, en cualquier momento y en cualquier lugar, algo (y ese algo puede ser una bebida, una comida o una situación emocional) puede irritar mi colon y tengo que depositar mis excreciones en algún lugar. Estaba en casa de mis padres, lo que facilitaba mucho la tarea, ya que no iba a tener que limpiarme con unos calzoncillos que luego tuviera que tirar a la basura, como me pasó en aquel pabellón de Atenas en el que acabé jugando el partido con los huevos colganderos, modelo talibán. Lo que sucede con el baño de casa de mis padres es algo totalmente glorioso, pues estuvo pasado de moda durante tres décadas, pero ahora es absolutamente *trendy*. Baldosas marrones con motitas blancas de esas en las que no se nota la suciedad. Lavabo verde, espejo gigante, retrete y bidé, que está volviendo. En la pared, azulejos de flores. Encima del retrete, enmarcada, una foto de mi abuelo con una frasecita que él siempre decía mucho: «Aquí se caga, aquí se mea, y el que no se la casca, se la menea». La porcelana, fría como su puta madre, estaba autografiada por un tal Roca.

Me senté. Creeréis que no viene al caso, pero sí, la tenía un poco morcillona. No sé por qué. El pantalón de montaña, acorchado como la revista de un adolescente de los noventa, me rozaba más de la cuenta en la zona erógena masculina por excelencia: el glande. El capullo, para los que tuvieron un profesor que se saltaba la lección de reproducción cuando tocaba en Ciencias Naturales. Como no podía ser de otra forma, cuando me senté a cagar, por pura conexión, abrí también la presa de mi vejiga. Pero la incipiente rigidez de mi miembro viril hizo que la orina apuntara hacia delante y se escapara por la rendija que en algunos retretes queda entre la tapa y el urinario en sí, goteando y encharcando la zona que rodeaba a mis pies, sin yo darme cuenta de nada. Terminé de cagar, utilicé tres cuartos de un rollo de papel para limpiarme, cuatro o cinco toallitas húmedas para repasar, y di la tarea por completada. A otra cosa. Pero cuando me levanté, aún con los pantalones en las rodillas, el caucho de las Quechua y la orina en la que se posaban se comportaron como el pedrolo que utilizan los del *curling*. Me retorcí de tal manera por evitar la inevitable y ridícula caída que el combo de mala fortuna con el que me topé hizo que tres segundos después mi padre entrara en el baño y se encontrara a un señor medio desnudo, empapado en su propia orina, sollozando y con el tendón de Aquiles roto.

Al menos sirvió para que ambos volviéramos a sonreír.

Pero, claro, decidimos inventarnos otra versión.

CAPÍTULO X

35

𝒫or contextualizar, la liga esta en la que estamos podría ser como una segunda autonómica, que sería como si en fútbol... Un momento, ¿por qué tenemos que compararlo todo siempre con el fútbol para que la gente de a pie lo entienda? Que si tantas hectáreas equivalen a no sé cuántos campos de fútbol, que si en esa manifestación había gente suficiente como para llenar tres Bernabéus. Que se vayan a tomar por el culo ya con estas comparaciones. La liga era una mierda. Y punto. No hace falta compararla con nada.

Hoy jugamos contra unos cuyo nombre no recuerdo ahora mismo. Para el caso, da un poco igual. Noto que, sin querer, me he metido en la rutina del equipo con bastante facilidad. Entrenamiento, entrenamiento, entrenamiento, partido, descanso. Así hasta el infinito. Creo que el equipo, que antes de mi llegada no ha debido de tener muy buenas dinámicas, necesita salir un poco de ese bucle. Quizá sea buen momento para organizar una cena. ¿Qué equipo que se precie no ha empezado a rendir mejor después de estrechar lazos en una noche de borrachera? Cenar en un chino, pedir mucha sangría, pan de gambas, licor de lagarto y dejarse llevar. Suele unir. Pero primero hay que jugar este partido.

Me termino la cuarta milnueve que me ha puesto Angelito y, después de mear, me dispongo a entrar una vez más en el ilustre pabellón Víctor Seda. Oigo unos extraños gemidos nada más pisar el vestíbulo de entrada. Me quedo más tranquilo cuando veo que hay una competición de kárate en la sala que tenemos a la izquierda. En las escaleras que dan acceso a la grada, un grupito de chavales, que creo que son cadetes, hacen gala de su adolescencia con chillidos que no vienen a cuento, risas escandalosas e innecesarias sobre algo que no era tan gracioso como parece desde fuera, y con restos de comida embolsada por el suelo. Me debato entre llamarles la atención o ignorarlos. Decido seguir a lo mío. Ya les llamará la atención la vida. Y, afortunadamente, si todo va como debe, madurarán e incluso olvidarán que un día fueron muy tontos. Yo no lo he olvidado, que conste. Eso es lo que creo que me hace conectar bien con la muchachada. Menos con mi hijo, que es asunto aparte. No he olvidado lo que es tener trece, catorce o quince años. Las hormonas están haciendo a fuego lento una salsa que tan pronto rebosa como se enfría, hierve, se seca o se corta. Una sopa imprevisible. Pero es una sopa preciosa. Y mola ver a chavales que comparten una misma afición por el baloncesto intentar compartir algo más. Las babas, por ejemplo. Una venérea, con suerte.

Atravieso los vestuarios. No me acostumbro a ese olor. En la élite, era habitual que los vestuarios tuvieran una gran higiene, oliendo a fragancia de Sanytol o algo así. ¿Y este señor? Siempre me encuentro al mismo viejo desnudo que acaba de salir de natación. Sé que viene de nadar por varios detalles: la toalla del Decathlon, las aletas y el ancla, que le llega hasta el suelo. Es el pene que más veces he visto..., sin contar el mío, el de mi hijo, que solo lo vi cuando aún se llamaba «colilla», y el de Jordi. Sí, ese Jordi.

Los chavales ya están en la pista. Algunos, tirando; otros, arremolinados en torno a Gonzalo.

Hablemos de Gonzalo.

Gon es un tipo peculiar. No es especialmente buen jugador, pero, al poste bajo, se defiende. Es, sin género de dudas, un guarro. En todos los sentidos: en la vida y en la cancha. Siempre está bromeando, o quiero yo creer que está bromeando, sobre (cito textualmente) haberse follado a las madres de sus compañeros de equipo. También es bastante frecuente que relate maneras, posturas, lugares y demás vicisitudes de las veces que hace caca. En la pista lo he visto desde sonarse los mocos en su propia camiseta hasta susurrarle a los rivales que les iba a esperar fuera y comerles las entrañas y desquiciarlos por completo. Y, por último y no menos importante, tiene una afición bastante recurrente a enseñar su pene en público. Por algo le llaman «Gonfalo».

Hago recuento. Faltan tres jugadores y ya han pasado cinco minutos desde la hora que estaba fijada para estar allí. Reviso el móvil. No hay mensajes. Les pregunto a los chicos. No saben nada. Espero. Me mosqueo. No los voy a llamar. Lo que empiezo es a mascullar. Más vale que se les haya muerto el padre o que hayan pillado el dengue después de una noche de perversión y zoofilia con mamíferos voladores.

Los que ya están preparados empiezan con el calentamiento. Al otro lado de la cancha, los rivales hacen lo propio. Observo cómo Joseantonio charla amistosamente con el entrenador del equipo contrario. Es un señor unos años mayor que yo, tiene buen pelo, gafitas y cara de aparentar ser más listo de lo que es, con indicios de haber tenido mucho acné hace unas cuantas décadas, y lleva traje. Da la impresión de que este tío, Joseantonio, conoce a todo el mundo. O es muy brasas. O ambas cosas. De un primer vistazo, podría afirmar sin miedo a equivocarme que no parecen tan malos como los equipos de otros días. Y a mí me faltan tres jugadores. Me falta mi negro (de los dos que tengo, el bueno) y también el *gordolobo* y el *flipao*. Las tres ausencias me preocupan, porque son sensibles, pero sobre todo me inquieta la de Samuel, mi negro bueno, que es el mejor del equipo, y la de Hugo, mi *gordolobo*, que es mi mejor interior. También os digo que a Salva, el *flipao*, le pueden dar por culo. No penséis que me refiero a ellos por sus motes en plan despectivo, es que tengo que hacer un sobreesfuerzo por recordar sus nombres. Estoy en ese momento de mi vida en el que el disco duro ya no tiene mucha capacidad de almacenar datos nuevos.

Que fallen los otros dos, me molesta; pero que me esté dejando tirado mi mejor jugador me irrita sobremanera. Tengo unas normas superestrictas que dicen que si llegas tarde a la hora a la que estabas citado, no juegas. Soy esclavo de esa norma, pero es que ahora afecta a mi mejor jugador. Y como el partido se ponga chungo, a ver cómo la quebranto sin que nadie note nada.

36

Empieza el partido. Me sigue faltando el negro. Los otros dos llegaron, les eché unos cuantos espumarajos en la cara y les puse a hacer rusos. Hacer líneas, lo llaman otros. Empiezas en línea de fondo, corres hasta el tiro libre, vuelves de espaldas hasta la línea inicial, corres hasta al triple y vuelves de espaldas, corres hasta medio campo y vuelves de espaldas, corres hasta el triple del otro lado y vuelves de espaldas, corres hasta el tiro libre del lado contrario y vuelves de espaldas, corres hasta la línea de fondo del otro lado y vuelves de cara corriendo lo más rápido que puedas. El último en llegar repite. Si ha sido tedioso leerlo, imaginad llevarlo a cabo. He visto a chavales vomitar por un ruso, porque la norma de que el último repite le confiere una emoción que hace que echen hasta la primera papilla con tal de no volver a ejecutar semejante ejercicio. Lo que no sé es por qué algunos lo llamamos «ruso», la verdad. Me gusta imaginar que lo inventó Tkachenko que, como todo el mundo sabe, es muy ruso. Total, que quedaron exonerados y humillados delante de propios y extraños.

Comenzamos flojos. Intercambio de canastas que acaba por no ser tal, ya que ellos enchufan más que nosotros. Termina el primer cuarto con diez puntos de desventaja. El peor partido desde que estoy aquí. Estoy tan pendiente de lo que sucede en la cancha que las risas me llegan con retardo. En el banquillo, los cuatro suplentes se descojonan en torno a Gonfalo. Veo que está de espaldas a mí y que ha cogido mi pizarra. Sí, la famosa pizarra. Mi pizarra.

—¿Qué hostias pasa, Gon? —le digo.

No me escucha. Me acerco y el que empieza a escuchar soy yo.

—Lo que tenemos que hacer es —dice Gonfalo— la jugada del gordo. Mira, tú te pones aquí y el gordo trata de ganar la posición.

No tendría nada de gracioso si no fuera porque, para ejemplificar que pone al gordo en el poste bajo, se saca el pene y lo coloca dentro de la bombilla dibujada en la pizarra. No negaré que por dentro me parece una situación que da pie a la risa generalizada, pero vamos diez abajo y lo que me sale es mandarlo a tomar vientos.

—¡Gon-za-lo! —le digo gritando a la vez que separo mucho las sílabas de su nombre—. ¡Vete a tu puta casa y deja de hacer el mamarracho!

Las risas se apagan. Gonfalo se guarda el pene y enfila los vestuarios.

—Y lávate las manos antes de irte, miserable —añado para terminar de quedarme a gusto.

En cuanto se va, veo que aparece Samuel. Mi negro bueno. La cara es de no haber dormido en toda la noche. La ropa, sucia y medio rota. El aliento, el esperado.

—Pablo, lo siento.

—¿Que sientes el qué? ¿Dejar tirado a tu equipo o ser un mierda?

—Pues supongo que las dos cosas.

—¿Qué hago contigo ahora?

—Escúchame. He pasado la noche en el calabozo. Anoche, me metí en una pelea por defender a mi novia, vino la policía y me llevaron detenido. Solo podía hacer una llamada y llamé a mi mamá. No te pude avisar.

—¿Y por qué tu hermano no me ha dicho nada?

La trola apesta más que su boca.

—Yo qué sé, me tiene envidia.

Que me está intentando colar un bulo que te desmentiría Ana Pastor con solo mirarlo de reojo lo saben hasta en el poblado del sur de Yibuti que suele recibir las camisetas de «¡Campeones!» de los equipos que pierden las finales. Pero la tesitura actual es que vamos perdiendo y necesito que este puto negro, como diría Luis Aragonés, salga ahí a hacer lo que sabe hacer y nos meta en el partido. Puedo hacer como que me creo su historia; así será sencillo digerir que incumpla la norma, que supuestamente es tan estricta para mí, delante de sus compañeros. Eso es lo que quiero hacer. Y la realidad es que con cualquier otro me habría negado incluso a saludarle. Pero este tío es muy bueno.

Tengo una gráfica para definir este tipo de situaciones, y no es algo que utilice solo yo. En el eje X ponemos lo gilipollas que puede llegar a ser un jugador, donde 0 sería una persona maravillosa, que siempre rinde, da ejemplo, es puntual, se esfuerza, es buen compañero y, si se tercia, hasta te deja dinero, y donde el 10 sería un impresentable capaz de llegar borracho a un entrenamiento y, en un lance del juego, liarse a puñetazos con un chaval de la cantera que ha subido a rellenar un hueco. En el eje Y representamos la calidad que puede llegar a tener un jugador, donde 0 podría ser Ramón Sampedro, y 10, Michael Jordan. Creo que queda claro. Se dibuja una línea oblicua que marca cómo de bien debes jugar al baloncesto para que te permita ser lo gilipollas que eres. Es lo que yo llamo la «Línea Rodman».

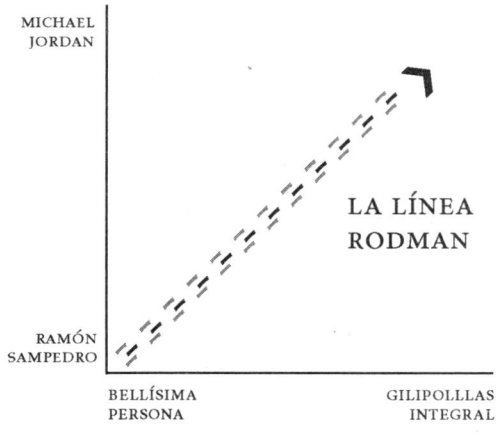

Traducido quiere decir que si eres un anormal de carrito,

tienes que ser muy bueno jugando al baloncesto para que tu personalidad quede en segundo plano. Le permito jugar. Todos asienten. Lo mando a calentar un poco. Después de un minuto, lo llamo. Viene.

—Como hagas el ridículo te voy a meter tal paliza que el que se va al calabozo soy yo, pero tú a la UCI, miserable.

Sale.

Nos gana el partido.

Qué hijo de puta.

Qué hijos de puta son los buenos jugadores. Todos.

Damos la mano y a casa. Saludo al entrenador rival, le felicito por lo bien que han jugado, hago lo propio con los árbitros y con los operarios de mesa. Chimpún.

37

—Nada, que me apetecía verte.

—¿Has estado todo el partido en la grada y no me dices nada?

—No quería incomodar. Pero, eso, que me apetecía verte.

Le estoy cogiendo cariño a Mavi. Antes de conocerla llegué a saborear amargamente las mieles de la soledad más profunda. Creía que era feliz envuelto en esa espiral de malos hábitos y la sola compañía de Pepe y los borrachos del bar, pero me estaba autoengañando.

—¿Qué tal estás?

—Pues bien, ¿y tú?

—Bien, bien —me dice un poco seria.

Está un poco rara, como preocupada por mí, cosa que hasta ahora no había hecho. Había sido borde, simpática, despreocupada, directa y pasional conmigo, pero la actual sensación de compasión que parece desprender es nueva para mí.

—¿Seguro? —le digo.

—Sí, sí. Tranquilo. ¿Quieres que nos vayamos a tomar algo?

—Venga. Nunca digo que no a un chispacito.
—¿Sabes que suenas muy rancio con esas expresiones tan de los noventa?
—Claro, es que soy de esa época, bonita.

Tal como sale la palabra «bonita» de mi boca sé que soy un maldito cutre. Esta tía se merece un monumento si finalmente consigue soportarme.

Nos vamos al gastrobar de Pancho. Me gusta este sitio cuando quiero tomar algo un poco más elaborado que las aceitunas o las empanadillas congeladas que te pone Ángel. Allí estamos más cómodos. Está decorado en plan modernito, con cada mesa y cada silla de su padre y de su madre, que eso ahora se lleva mucho. Vale un poco más de dinero, pero merece la pena. Nos pedimos un par de cervezas belgas y una ensalada de ventresca, tomates cherry y burrata. En mi vida me habría imaginado pidiendo semejantes maricondas, pero, últimamente, estoy en una noria sin sentido.

—¿Estás mejor entonces? Me dejaste un poco preocupada la otra noche.
—¿La otra noche?
—Sí, cuando estuvimos en mi casa.

De repente, me acuerdo de lo que pasó. Joder, últimamente estoy fatal. Había olvidado que la había dejado a medias, con las bragas en los tobillos y un señor mayor desvariando encima de ella. Vaya panorama.

—Ah, sí, sí. Lo siento mucho, Mavi. Poco más te puedo decir. Salí de allí avergonzado y... bueno, tampoco quiero que metamos el dedo en la llaga.
—No te preocupes. Llevas razón. Yo estoy a gusto contigo y quiero correr un tupido velo respecto a lo del otro día. ¿Qué tal el partido? —me dice, cambiando de tema, en una clara muestra de enterramiento de hacha.
—Pues ya ves, he tenido que hacer gala de la «Línea Rodman» para dejar a Samuel jugar y poder ganar el partido. Hace mucho juré no plegarme ante jugadores que incumplieran las normas, pero es que esto de entrenar a equipos en los que solo

uno o dos saben meter canastas es muy difícil. Si quieres ganar, no puedes prescindir de ellos. Y yo, por encima de todo, aunque a veces no lo parezca, quiero ganar.

—¿Y qué tal con el entrenador contrario?

—¿Qué tal el qué?

—¿Que si te ha resultado familiar?

—Pues no he estado pendiente, la verdad. ¿Debería? —le digo, extrañado.

—Quizá te suene. Se llama Pedro.

—Pues ni idea, así te lo digo.

—Así que, de repente, ¿este tema no te tiene ya tan interesado?

—¿Qué tema?

—El que el otro día te tenía tan despistado, todos los entrenadores que te resultan familiares y por los que me preguntaste.

Me quiere sonar, pero parece que mi cerebro está muy cansado. Me hago el duro delante de ella, haciéndome el despreocupado, como si me diera igual. No quiero que note la debilidad que estoy sintiendo en mi interior. Me educaron para que nunca jamás le mostrase mis puntos flacos a nadie. Soy una roca. Mi cerebro hace el esfuerzo por buscar y buscar, pero no encuentra nada. Sabe que la información está en algún lado, pero no da con ella. Es una sensación frustrante. Y resulta desesperanzador cuando ya has visto esta peliculita y sabes cómo acaba. Pero hay que disimular, como bien me enseñaron mis padres.

—¡Ah! Pues, ahora que lo dices, sí que me suena ese tal Pedro, sí.

Y a correr.

CAPÍTULO XI

38

Nos plantamos de milagro en el cuarto partido de la final de aquel año. Entre operaciones, mi drama familiar, el rendimiento del equipo y la masa enfurecida pidiendo mi dimisión a cada momento, no podría decir que guardo buen recuerdo de aquella época. De hecho, evocarla y verbalizarla me trae sufrimiento y prefiero no ahondar demasiado. Estuvimos, un mes y pico antes, muy cerca de ganar la Copa de Europa y volvimos a estar muy cerca de ganar la liga doméstica. Pero nadie celebra casi ganar.

«¡Casi me ligo a una anoche!» «Ya, que te fuiste solo a casa, ¿no?»

El matiz entre la victoria y la soledad puede estar, y suele estarlo, a un par de canastas de diferencia. La gente, los aficionados al deporte, acostumbran a ser injustos con los equipos de élite. Todos exigen ganar sin poner en perspectiva que es extremadamente difícil. No depende sencilla y exclusivamente de ser, o que te lo consideren, los mejores. Son muchos los condicionantes que han de cumplirse para alzarse con un título. Y aquellos meses fueron tan convulsos que casi habría sido un milagro vencer: a los rivales y a nuestras sombras.

El último partido de aquella final fue una continuación de los anteriores. Un quiero y no puedo. Los jugadores lo dieron todo. Nadie nunca podrá reprochar que aquel grupo no dejó su cien por cien en la pista. Sin embargo, cuando la cabeza no está en su sitio, ni los pies corren como y hacia donde deberían, ni las manos apuntan con la precisión que acostumbraban. Y sería injusto no reconocerlo. Tampoco quiero que suene a excusa, ya que soy de los de acabar el partido, dar la mano y volverme a casa para entrenar y tratar de hacerlo mejor la siguiente vez, pero perder a mi madre de esa manera tan cruel (dejando su cuerpo y robando sus recuerdos) me estaba matando por dentro. De hecho, no sé si por pura hipocondría, por estrés o por qué sé yo, empecé a experimentar episodios que bien podría haber firmado ella en su tienda años atrás. Pedía un tiempo muerto y me quedaba en blanco, no sabía qué decir, ni qué hacer, ni qué dibujar. Mis ayudantes, mis añorados Fran y Jesús, por no saltarse la jerarquía, se mordían la lengua, pero sabían que algo no iba bien. Al final, sonaba la bocina y dibujaba tres o cuatro garabatos deprisa y corriendo, que solían tener forma de polla, como bien ya sabéis, y los mandaba a jugar otra vez. Y entonces la tiraba siempre el mismo. El caos era tremendo. Decidí instar a mis ayudantes a que cogieran más protagonismo, pero que lo hicieran de tal forma que pareciera que yo seguía siendo el amo y señor del cotarro. Necesitaba que ellos fueran los Tom Hagen de un Vito Corleone en horas bajas y con la pata en alto.

    En el partido que a la postre fue el último y definitivo de la serie, me cuentan, porque yo no lo recuerdo muy bien, que hice uno de mis mayores ridículos. Achaqué, como solía suceder cuando el estrés y el pánico a la derrota se apoderaban de mí, a los árbitros que estaban siendo injustos con nosotros. El injusto fui yo. No soy el único que lo hace, pero no porque el universo deportivo esté plagado de gente así deja de estar mal hacerlo: amedrentamos, condicionamos y avasallamos a los árbitros desde el minuto uno hasta el cuarenta. Conscientes de que son, aunque no lo reconocerán jamás, muy influenciables, tratamos de jugar esa baza llevándonoslos a nuestro terreno, haciendo que, si es posible, cada mínimo error caiga de nuestro lado. Y es que sabemos que la victoria se definirá por pequeños detalles. Detalles que bien pueden estar en la mano de una interpretación puntual de los colegiados. Esto es algo que siempre fue así y, salvo que alguien venga ahora a contarme que el mundo ha cambiado mucho, siempre lo será.

El partido no estaba perdido. De hecho, quizá conmigo con otro estado de ánimo habríamos estado más cerca aún de la victoria. Pero a veces pasa. Pasa que los entrenadores estamos desquiciados, desquiciamos a los árbitros y desquiciamos a nuestros jugadores. Nos metemos en una espiral de desquicie de la que solo se sale apagando y encendiendo el *router*. En mi caso, mis jugadores descansaron cuando me vieron salir expulsado por la bocana de vestuarios. Sabían que ese histérico que desde una silla de ruedas no paraba de gritarle a todo lo que se meneaba como si fuera un pastor alemán detrás de un autobús de la EMT ya no iba a hacerlo más y que al fin podrían jugar tranquilos.

La berlanguiana escena del entrenador que salió expulsado en silla de ruedas abrió todos los telediarios y copó, a pachas con la corruptela de turno, hasta los periódicos de temática política y social. El esperpento definitivo se consumó aquella noche. Y también perdimos la liga, que, como la cerámica de Talavera, no es cosa menor. En aquellos momentos estaba nadando en una piscina con muchos excrementos, pañales sucios y quizás una carta de despido.

39

Después de acabar la última competición en liza, las vacaciones eran obligatorias. Es imprescindible que los jugadores estén, al menos, un mes sin botar una pelota de baloncesto; un tiempo en que lo más parecido que vean a un aro sea un dónut. Esto debe ser así porque el cerebro necesita desintoxicarse después de once meses de matraca. Un mes detox en el que en sus redes sociales lo único que quiero ver son barcos, juergas, tatuajes, descapotables y peleas de chupitos con *ins-*

tagramers que se creen más graciosos de lo que son. Ese es el verdadero secreto para que poco después puedan volver a afrontar con energía, física y mental, la temporada siguiente. Los entrenadores, por contra, en cuanto acaba una temporada, ya estamos pensando en la siguiente. Es deformación profesional. No podemos evitar empezar a rondar a nuevos fichajes, darle forma al discurso que le vamos a echar al chaval de la cantera que va a rellenar huecos en pretemporada y después no se va a comer un colín, o preparar el terreno para que el americano ese que al final no rindió como se esperaba arregle sus papeles, recoja sus cuchillos y se vaya. No obstante, una semanita de asueto, aunque sin dejar de darle vueltas a lo que os decía, sí me solía permitir.

Y al tercer día de aquella semana recibí un audio de WhatsApp. Recibir, tener que abrir y escuchar audios me provocaba una pereza tremenda. Incluso asco. Ahora también. Y eso la gente lo sabía. Así que aquello solo podía significar algo malo.

Audios negros, palabras negras.

Me tenía que personar en las oficinas centrales del club. Pues venga. Me olía a chamusquina, pero no me quedaba más remedio que acudir a la llamada del cuerno de Gondor. Barco, tren y avión, y al cabo de veinticuatro horas me planté delante de los mandamases del club: presidente, director general y jefe de sección. La plana mayor. En la pared, un cuadro del que fue el primer gran presidente hace ya unas cuantas décadas. Si no fuera porque Velázquez lleva ya un tiempecito muerto, bien podría decirse que era obra suya.

Venga, que me despidan ya, que he dejado a mi mujer sola con el chiquillo, pensaba yo.

—Buenos días, Pablo.

—Buenos días.

La frialdad en el ambiente resultaba terrorífica. Vale que el ridículo con el que me despedí en el último partido fue de aúpa, pero en deporte, y más en este club, el fracaso está a la orden del día. Me esperaba algo drástico. Me quedaba un año de contrato, pero estaba completamente mentalizado para hacer las maletas y buscarme otro sitio. Es ley de vida. Ley del deporte.

—Siéntate, Pablo, por favor.

Obedecí y, con el culo más apretado que en la primera colonoscopia que me hicieron pasados los cuarenta, me senté. Esa silla había sido diseñada para ser cómoda, pero la tensión se llevó por encima meses de reflexiones de ingenieros suecos, pues me pareció que estaba sobre un soporte de madera que pendía sobre un lago plagado de tiburones, pirañas, cocodrilos y tertulianos de Telecinco, valga la redundancia.

—La situación es crítica, Pablo. Lo que pasó el otro día no puede volver a suceder. La credibilidad y la sostenibilidad de este club quedaron en entredicho. Y estamos cansados. Muy cansados.

—Lo sé...

—Y, además, creemos que esto solo puede ir a peor.

Lo que me temía. Estaba claro. Solo quedaba agachar la cabeza, pedir perdón y despedirme. No sin antes reclamar el finiquito, que tonto tampoco soy. Ni era.

—Lleváis razón, la situación se me fue de las manos y comprendo que este club no puede tolerar...

—¿Qué estás diciendo, Pablo? —me interrumpe José Carlos, el jefe de la sección de baloncesto del club—. Nosotros te apoyamos a muerte.

—¿Perdón?

—Creemos que eres la persona ideal para llevar este barco a buen puerto. Nadie te ha puesto en entredicho. De lo que estamos hablando es de la competición. Desde que la nueva dirección se hizo cargo de la liga sentimos que estamos en el punto de mira. Están empezando a pasar cosas que no nos gustan un pelo.

—¿A qué os referís?

—Pablo, tú lo has vivido. No están siendo justos con nosotros.

—No, si ya lo vi. Pero creo que yo tampoco actué bien.

—Tú defendiste lo que creías que tenías que defender, poniéndote delante para parar las balas. Y por eso estamos a muerte contigo. Porque prevemos que se nos viene una guerra encima que va a ser difícil de ganar.

—¿De qué estáis hablando?

—Pablo, van a por nosotros. Nos posicionamos en contra del otro candidato y ahora sobramos. Lo del otro día es solo la puntita del iceberg. Vienen años muy duros.

CAPÍTULO XII

40

*L*as cenas de equipo no constan en ninguna planificación de deporte alguno, pero todo el mundo sabe que son absolutamente imprescindibles. En ocasiones, ante situaciones de alto estrés competitivo, incluso pueden ser más importantes, liberadoras y, a la postre, necesarias para la tan ansiada victoria final que cualquier entrenamiento específico que requiera decenas de horas de *scouting* o folios y folios con tropecientas variantes del sistema «cuernos». Además, en la pista, las habas suelen estar contadas, pero en la larga mesa de un restaurante aleatorio suelen salir a relucir las verdaderas estrellas. Esos que hasta entonces parecían calladitos y mojigatos, y que, de repente, con un simple 0,25 de alcohol en aire espirado, se convierten en alguien que cabalga entre Arturo Fernández y Pocholo Martínez Bordiú.

Son reuniones, cuando el equipo es masculino, eminentemente machistas. No se puede ocultar la realidad y pecar de demagogia barata e hipocresía. En aglomeraciones de diez o doce mamarrachos, con una adolescencia que está dando sus últimos coletazos, lo menos que puede volar en la conversación son comentarios obscenos que a buen seguro escandalizarían a medio Ministerio de Igualdad y a parte del de Ciencia. Sigo alucinando, aunque ya es algo que se ha convertido en habitual, con la manera que tienen de hablar alegremente de las madres de sus compañeros. Quien más quien menos, aunque no todos, bromea (o quiero yo pensar que bromea) sobre haberse beneficiado a la progenitora de este o de aquel. Intuyo, aunque vete tú a saber, que la mayoría habla por hablar y que tienen más experiencia dando al corazoncito en Instagram que intercambiando fluidos corporales en vivo y en directo.

No calculamos bien la comida. Suele pasar en los restaurantes chinos. Nos sale el arroz por las orejas. También la sangría. Me sorprende lo bien que preparan este brebaje en este garito inmundo. Con su fruta, azúcar moreno y tal. Te la ponen con una cuchara de madera muy mona. Cuchara que rápidamente acaba en manos de quien no debe y..., sí, efectivamente ya está funcionando muy bien como espada, como martillo y, por supuesto, como proyectil de un lado al otro de la mesa.

Me debato entre ir con ellos al Magic o volverme a casa a hacer lo que siempre he hecho y que estoy empezando a echar de menos: tocarme los huevos, en sentido literal y metafórico. Me apetece entre cero y nada. Se ponen pesados. Muy pesados. Siguen insistiendo.

—Eres un mierda —me dicen.

—¿Qué pasa, que tienes miedo de que te tumbemos? —me terminan de picar.

Venga, por no oírlos... La de críos que habrán sido maleducados con tal manera de proceder. Habrá que ir. No sin antes pagar. Un sindiós tremendo. Se nota que estos chavales han salido poco de casa y tienen poca calle. Los hay que tratan de dividir al detalle lo que cada uno ha consumido, contando y descontando cada trago extra de sangría y cada troncho de pan chino adicional. Son los primeros en soportar mi ira. Tengo que educarlos y hacerles ver que la confraternidad, el compañerismo y el espíritu de equipo también se demuestran pagando a pachas. Y sí, a los fanegas y a los borrachines les sale más a cuenta, pero hoy por ti y mañana por mí.

—Ni Bizum ni hostias —termino por rematar—. Treinta euros aquí todo Cristo, y lo que sobre, para el bote.

No rechistan.

Notan que, en el fondo, es buena idea. De hecho, es la única idea. No se puede proceder de otra forma. Y si se procede de otra forma, es que tan amigos no serán.

Ya en el antro con nombre de exleyenda de los Lakers con cierta enfermedad inmunodepresora, van saliendo a la luz otras personalidades. Los hay que se vienen arriba, y luego están los que se incomodan. No todos los veinteañeros son iguales. Algunos disfrutan más en ambientes íntimos, como era la cena previa, y otros en ambientes abiertos, como la habitación con luces estroboscópicas, camareros con tatuajes de Peter Pan, mala música y suelo pegajoso en la que ahora estamos. Por las pupilas de algunos de los presentes, presagio que no solo es alcohol lo que corre por sus venas.

Tiemblo.

No negaré que quien más quien menos ha podido hacer travesuras, pero estos chavales están, en cierto modo, a mi cargo. Cuando veo que uno de ellos, un pueblerino al que llaman el Tamurejo, que era de los que iba con peor cara, se dirige, justo nada más llegar, directamente al baño, no puedo hacer otra cosa que sospechar. Voy detrás. Disimulo un poco. No sé por qué, pues, como persona entrada en años, tengo derecho a mear muchas más veces que los demás. Espero encontrármelo con algo entre las manos… o entre la nariz. Y, de hecho, en vez de entrar sigiloso, doy un golpe a la puerta y grito:

—¡¡¡Pero qué coj…!!!

No termino la frase porque me entran náuseas y se me revuelve el estómago. El muy cerdo acaba de vomitar todo el arroz tres delicias en el lavabo. ¡En el lavabo!

—Pero vete al retrete, desgraciado.

Pero es que, además…, ¿qué hostias es esto? Ha vomitado el arroz tal cual entró por su gaznate. Están los granos enteros. Salieron tal cual entraron. Se los tragó como un pavo.

Creo que ya he visto suficiente. No me voy a tomar ni una copa. Me despido.

—Mañana no quiero ni un puto retraso.

—Entonces Chamorro no va, Pablo.

—Me refiero a que nadie llegue tarde.
—Ah.

41

Jugamos fuera. Soy un poco cabrón, pues, básicamente para tocarles un poco las pelotas, los cito con una hora de antelación, cuando lo habitual hasta ahora habían sido cuarenta y cinco minutos. No tengo mucha esperanza de que todos estén aquí a la hora indicada, pero lo que quería evitar, ya que es evidente que van a llegar tarde, es que lo hicieran cuando quedaran apenas unos minutos para comenzar el partido. Es una táctica socialmente extendida: para prevenir retrasos indeseados, se le dice a la gente que tiene que estar un tiempecito antes de la hora para que así, con suerte, lleguen cuando en realidad querías que lo hicieran. Pero, aun con esas, siguen llegando tarde.

El partido de hoy vuelve a ser en un colegio. Mucho revoloteo de padres, niños, adolescentes, algún abuelo con bastón y árbitros jóvenes con cara de acojonados. Los precavidos (la mayoría) llevan un paraguas, por si acaso. Ya ves tú, si llueve, se tendrían que suspender los partidos y tampoco haría falta. Pipas, eso siempre se ve. Patinetes. Caras de ilusión, de los que llegan, que contrastan con las de tristeza y frustración, de los que ya han terminado sus partidos y creen que no merecían esas terribles e injustas derrotas. Entrenadores, también jóvenes en un alto porcentaje, que departen medio nerviosos con los padres de sus diminutos jugadores, tratan de hacerse los simpáticos con todos, incluidos con los de los hijos a los que han sacado menos minutos al campo de los que sus progenitores creen que merecía. Qué difícil labor. Siento nostalgia. Nostalgia de cuando era yo un jugador de baloncesto que apenas levantaba unos centímetros más que un balón reglamentario talla siete. Porque los balones de mini son un invento moderno, ¿o qué creíais? Los chavales de mi época empezábamos desde el día uno ya con los balones que valían para todo el mundo.

Bastante es que botaban. Por un momento dudo de si nosotros jugaremos también en la pista exterior. Me espero ya cualquier cosa. Me voy acostumbrando a esta incertidumbre por la que hubiera matado a alguien, cuando era profesional, por no tener previstos todos los escenarios habidos y por haber para preparar al equipo mental, física y tácticamente para lo que nos pudiéramos encontrar. Ahora simplemente entreno a un grupo de chavales. Tenemos una hora y un lugar. Y jugamos al baloncesto. Para qué más. Deporte puro, sin cortar.

Las diez de la mañana. Hay que ser hijo de la gran puta para poner un partido de adultos un domingo por la mañana el pleno otoño incipiente, pero forma parte de la táctica de cada equipo. Son conscientes de que es un condicionante que, a buen seguro, irá a favor de los locales. Voy entrando al pabellón, que hace las veces de gimnasio para los chavales del colegio y de polideportivo multiusos para diferentes deportes. A simple vista, se distinguen volantes de bádminton encasquetados en los poyetes de los ventanucos, una pelota de gimnasia rítmica que se quedó encajonada en el conducto del aire acondicionado cuando Almudena Cid aún hacía el *spagat* en el vientre de su madre, agujeros circulares en el suelo que dan cabida a postes de voleibol de quita y pon, tantas rayas pintadas en el suelo que hubieran vuelto loco al mismísimo Maradona y un cartel en la puerta de los vestuarios que anuncia el próximo campeonato de salto a la comba para los recreos. Lo que no hay son porterías. Chúpate esa, maldito fútbol. Hace un frío del carajo, mucho más que en el exterior. Por algo al campo del Ramiro de Maeztu se le llamó siempre La Nevera. Edificaciones construidas de tal manera que bien podrían servir para desecar quesos de La Serena, practicar *hockey* sobre hielo o almacenar cadáveres durante una pandemia mundial. Cualquier cosa menos baloncesto. Pero allí estábamos. Y el que también estaba era el entrenador rival. Me hace un gesto desde su posición, consciente, supongo, de que soy yo el colega al que se va a enfrentar. Estamos cada uno en una punta, pero observo un pecho palomo bastante prominente y no puedo evitar imitar mentalmente su sonido. ¡Gruu! Me sale realmente bien. En la universidad solía imitar el sonido de las palomas para desconcertar a los profesores, que miraban inquietos de un lado a otro como esperando en cualquier momento el ataque voraz de una rata del aire. Tiene la nariz tirando a puntiaguda, un rasgo definitivo para mí. Lo que mi padre siempre llamó un trompetilla. No tengo dudas: si no es serbio, que venga Dios y me raje la lengua de lado a lado. Cuando ambos iniciamos la marcha el uno hacia el otro, cosa que hará que coincidamos irremediablemente en el espacio y tiempo, no me queda más remedio que parar y mirar hacia atrás.

—Pues, chaval, ayer tu madre me pidió que le cagara en el pecho —alcanzo a escuchar.

Ya están aquí.

Un nutrido grupo de jugadores de mi equipo está ya avergonzándome a escasos metros de mis nalgas.

—¡Hombre! ¿Qué tal estáis? ¿Llegasteis sanos y salvos a casa?

—La mayoría de nosotros sí, Pablo. Ja, ja, ja.

Me espero lo peor.

Para sorpresa de absolutamente nadie, los jugadores van llegando como un goteo incesante de zombis, apestando a alcohol, colonias ajenas y vómitos a deshoras. Habremos estrechado lazos, pero, de repente, aquello parece la carpa de los extras en *The walking dead*. Van llegando poco a poco, pero llegan. No tengo puestas demasiadas esperanzas en el partido que empieza en breve, aunque, en mi fuero interno, confío en lo que siempre estuvo en mi hoja de ruta: un equipo que se emborracha unido, juega unido. Las piernas flaquearán, los primeros tiros irán al canto y al tercer *sprint* habrá quien tenga que meter su cráneo en una papelera, pero quizá, con suerte, se matarán por cubrirse las espaldas en defensa, querrán hacer ayudas, segundas ayudas, terceras ayudas, y hasta saltarán del banquillo si es necesario para hacer una rotación defensiva que no deje colgado a ese colega al que se le acaba de ir su par. Habrá palabras de aliento cuando cualquiera de ellos lance un hueso contra el tablero que haga saltar esquirlas de metacrilato que actúen como metralla vietnamita. Habrá palmaditas en el culo cada vez que alguien deje la pista para pasar un tiempito con el menda en el banquillo. Habrá, en definitiva, un maldito equipo sobre la cancha.

Falta uno, eso sí. Siempre falta uno.

Hablemos de Almansa.

Almansa es el veterano. El viejo. Tiene treinta y seis años, lo que, en un equipo con una media de veintidós, le hace ser prácticamente un extraterrestre a ojos de sus compañeros pospúberes. Tiene dos hijos, de seis y tres. La tez morena del pequeño, por encima de la media epidérmica tanto de él (más blanco que las manos de un calero) como de su mujer (la sobrina lejana de Copito de Nieve), hacen que, por supuesto, sea objeto de bromas de manera recurrente: las sospechas de que en la jura de bandera del muchacho se la diera con dos amigos, suelen pasar a la categoría, al menos, de rumor creíble. Y mis dos dominicanos están en la diana de todas las bromas y elucubraciones. No tengo pruebas. Tampoco dudas. El caso es que es buen chaval, o buen señor, como le llama el resto. Se cree, eso sí, por el simple hecho de ser el decano, que ha inventado el baloncesto. Él lo sabe todo, ha jugado en todos los campos habidos y por haber y contra todos los equipos creados o por crear. Presume de haber sido muy bueno y de haber jugado en canteras de clubes grandes. Nos atormenta con anécdotas en las que ganaba partidos él solo a base de triples lejanos o mates de concurso. No sé, yo no me creo nada, pero no quiero bajarle de la nube, que ya bastante tiene con cargar toda la vida con un hijo bastardo.

Almansa no ha llegado al partido. Quedan cinco minutos. No estoy excesivamente preocupado, aunque al rememorar que la última vez que lo vi su dicción era la de Juan Carlos de Borbón despertándose de una anestesia general me da por pensar que quizá le haya pasado algo. Les pregunto a los chicos, así, en general.

—¡Buah! Llevaba una que flipas…

—Iba *to* moco, Pablo. Moquísimo.

—Lo metimos en un taxi a eso de las seis. Miramos su dirección en su DNI y le dijimos al taxista que lo llevara hasta allí.

—Y no sabemos más.

—Madre mía. Sois la hostia, joder.

Comienza el partido.

Como no podía ser de otro modo, las primeras tres posesiones no te las firman los bomberos toreros ni Pepe Viyuela con la silla plegable, la guitarra y la escalera simultáneamente. Se suceden tropezones, balones al pie con rebote en la cara de un compañero, pedradas que incrustan la pelota entre el tablero y el aro, así como náuseas al tercer *sprint*. No me preocupa. Somos un seiscientos arrancando después de un invierno en el garaje y, poco a poco, iremos soltando humo para poner la maquinaria en velocidad de crucero. Los diez puntos en contra en los tres primeros minutos de partido no nos los quita nadie, eso también.

Tiempo muerto.

—Os lo dije, hijos de perra, vaya caraja. Espero —les suelto— que al menos los cinco que estáis en la cancha ya hayáis excretado por vuestros poros los residuos alcohólicos que os quedaran dentro, mamarrachos.

Y cuando estoy explicando la siguiente defensa, por rellenar el tiempo más que nada, porque sé que no me escucharían ahora mismo ni con las orejas de otro, vemos aparecer una sombra deambulante bajo el quicio de la puerta que da acceso a ese paraíso de gérmenes, bacterias y penes de ancianos que es el vestuario. Bata verde abierta por detrás, pantuflas de cero cuarenta la decena, restos de sangre en la puntera de las mismas y esparadrapo en la muñeca.

Almansa está aquí.

—Dadme una equipación, que estoy para jugar, ¡vamos!

No alcanzamos a pronunciar ninguna palabra que describa la escena que estamos presenciando. Se suceden los segundos de estupefacción.

—¡Que me deis una camiseta y un pantalón, hostia! ¡Que esto lo remonto yo!

Obviamente, yo, como adulto responsable de la situación, no voy a dejar que Almansa juegue en vete a saber qué condiciones fisiológicas y, visto lo visto, psiquiátricas, pero alguno de sus compañeros, entre risas, ya le están preparando la indumentaria. No quieren perderse el esperpéntico espectáculo previamente prometido.

—A ver, a ver, no os flipéis, que no va a jugar.

—Pero, Pablo, tío. Esto es histórico. Viene medio en pelotas con unas ganas locas de jugar, ¿y no le vas a dejar?

—Almansa, vete a calentar a la banda, anda, y demuéstrame que estás en condiciones —le digo, derrotado pero con un puntito de expectación.

El partido sigue, pero solo lo reviso con el rabillo del ojo, ya que es inevitable centrar la atención en mi veterano jugador. Paso lateral, ida y vuelta. Bien. Rodillas al pecho, ida y vuelta. Todo en orden. Sin embargo, cuando decide comenzar con talones al culo, siguiendo la rutina mítica de calentamiento previo sin balón, trastabilla de tal manera que da de bruces contra el círculo semilevantado donde se encaja el poste de voleibol de 16.00 a 17.30 todos los miércoles y viernes. Se levanta. Sangra abundantemente. Se limpia con los bajos de la camiseta, que hace las veces de toalla y pañuelo, pues aprovecha, ya que está, para sonarse los mocos.

—Estoy bien, estoy bien —nos dice a la vez que levanta el pulgar de la mano derecha en plan Fernando Alonso después de un accidente mortal.

No está bien.

Y eso nos queda claro cuando, por el mismo lugar por el que hace unos minutos Almansa hizo su entrada, vemos aparecer a un sanitario. No somos capaces de distinguir si es médico, enfermero o celador, pero viene en su busca.

—Hola. Vengo en busca del señor Almansa. Se ha escapado del hospital donde lo teníamos en observación por un coma etílico.

—La madre que lo parió...

42

El partido, una vez que exudamos todos los caciques, bifíters y jotabés, y dejamos a un lado la historia de Almansa, que ya trataremos en su momento con él, es un tira y afloja. Conseguimos reponernos aceptablemente rápido del pésimo parcial en contra que nos encontramos en los primeros compases. Racha nuestra. Racha suya. Nos vamos. Remontan. Se van. Remontamos. Y llegamos a los instantes finales del encuentro teniéndolos justo donde más nos gusta, donde lo he disfrutado más desde siempre, porque el baloncesto es esto: rivalidad, pasión, igualdad, emoción, taquicardias, suicidios en masa, amenazas de muerte y peticiones de dimisión. Vamos perdiendo por dos puntos y tenemos posesión. Quedan diez segundos. Pido tiempo muerto. Sobre todo para calmar los ánimos y recuperar el oxígeno, tanto en el cerebro como en los músculos implicados en la motricidad requerida para la práctica de nuestro deporte. Cuando los veo acercarse, me vienen a la cabeza muchos recuerdos lejanos. Estos interludios en los que da igual lo que dibuje en la pizarra, ya que todos sabemos cómo va a acabar el partido: balones a Will.

Improviso una especie de jugada en la que, en el fondo, lo único que me interesa es que reciba uno de mis negros, Samuel, mi negro bueno. A partir de ahí, todo son garabatos y expresiones ficticias que parece que tienen sentido, pero no pretendo que me escuchen y entiendan (y sé que no lo están haciendo), porque todos sabemos que se la va a mamar el negro.

Como sea.

Ese es el sistema: conseguir que reciba y que gane el partido. O al menos que lo empate.

Y así sucede.

Me encanta que los planes salgan bien. Como en los mejores tiempos.

En la prórroga se suceden errores e imprecisiones de unos

y otros. El miedo a ganar. Y el miedo a perder. Intercambio de canastas. Pequeñas gomitas. Parece que, al final, lo tenemos medio controlado. Perdíamos 62-60, pero acabamos de conseguir un dos más uno muy loco. Uno arriba y posesión para ellos. Quedan cinco segundos de partido. Sacan desde su pista de ataque. En el tiempo muerto que pide el serbocroatamontenegrino o lo que cojones sea, no les digo grandes cosas.

—Con que no hagáis el gilipollas puede ser más que suficiente.

En estos instantes, mis miedos siempre son que alguno se vuelva loco y acabe en antideportiva, dos tiros para ellos y posesión en contra. Y me cago en su puta madre, claro. Así que me conformo con poco.

Se reanuda el juego.

La meten directamente dentro. Recibe su pívot al poste bajo. No es mal jugador ni tiene malos movimientos, pero lo defiende mi gordolobo, que es difícil de mover y largo de rodear. Además, Melvin, mi otro negro, está pendiente de la segunda ayuda, y ya sabemos que no hace prisioneros. Nos podrán ganar al tiro libre, pero jamás permitirá que tire a canasta. Como digo, recibe. Bota. Se gira. Rodea a mi gordo. ¿Cómo lo ha hecho? Vaya movimiento, qué cabrón. Hostias. Aro pasado. La tiene, la tiene. Cuarenta y cuatro minutos y cincuenta y nueve segundos remando para al final reducirlo todo a una sola jugada. Su mejor interior acaba de dejar atrás a mi mejor defensor y tiene un aro pasado relativamente cómodo. En mi cabeza, todo sucede a cámara lenta. Pero en la vida real son escasos segundos. Décimas, de hecho. La suelta. El balón ha salido de su mano. ¡El negro! Melvin, mi negro malo, o menos bueno, pero buen defensor. Ese negro. Que viene. Que llega. Qué bien viene tener un negro saltarín siempre en tu equipo. Siempre. Que llega. Salta. Se eleva. Y... ¡tapón! ¡Se lo ha puesto!

—¡Vamos! ¡Sí! —grito eufórico.

Espera un momento.

Los árbitros deliberan.

Siguen deliberando.

Y cuando parece que se separan, vuelven a deliberar.

Nos reúnen a los dos entrenadores. Nos dan explicaciones. Me temo lo peor.

El árbitro principal da un par de largos pasos para que todo el mundo lo tenga en su campo visual. Hace el gesto correspondiente: dedo índice y corazón apuntando al suelo. Vale la canasta.

—¡Pero qué dices! ¡Cómo va a valer esa canasta! ¡Vete a la mierda!

He perdido los nervios, y ya me da igual todo.

Estoy histérico.

—¡Revísalo en la cámara! ¡Revísalo!

—Perdona, Pablo. Esto es la liga autonómica. Aquí no hay cámaras y yo cobro treinta y cinco euros por partido. Vete a tu zona, por favor.

Era tapón legal, joder. Era tapón. Qué vergüenza. Qué puta vergüenza. Se me acerca Chechu y me dice:

—Pablo, además yo creo que ha tocado el aro, eh.

Pero entonces.

Si ha tocado el aro.

Entonces era.

¡Entonces era rebote!

Y, de repente, me acuerdo de todo.

CAPÍTULO XIII

43

Con diecisiete arriba en el marcador, todos nos veíamos ya campeones, pero la magia, o la putada, de este deporte es que no te puedes relajar ni un minuto, ni un segundo, ni un clac del marcador electrónico. Las rentas van y vienen como pelotas en un entrenamiento de Rafa Nadal, como turistas de ida y vuelta en la A3, como venéreas en un programa de citas de Mediaset. El jugador de baloncesto es el único deportista que tropieza dos, tres y hasta cien veces en la misma piedra, y nosotros éramos uno malditos expertos en trastabillar, abocicar y rompernos los piños una y otra vez ante situaciones de este estilo: partidos que creíamos controlados, momentos en los que bajábamos la concentración del cien al noventa y nueve por ciento, y en los que el rival, ante ese descenso de un punto porcentual, aprovechaba para hacerse hueco en esa coyuntura para ejecutar los mejores minutos de su historia, como Napoleón con la empanada mental de España en 1808.

Y nos la liaban.

Y nos liábamos.

Los rivales también juegan, ¿sabes?, solíamos justificar ante los que, en teoría, no saben de esto. Ellos también quieren ganar y una final se decide por detalles minúsculos que terminan por marcar la diferencia, apostillábamos. Puntos de inflexión en los que fallas un tiro de tres, y, segundos después, ellos te clavan un triple y se crea un agujero de seis puntos negativos en apenas un suspiro. Haz un par de esas, y ya tienes doce. Y la ruina. Y vienen los nervios, la agonía, el estrés y el miedo a cagarla después de, en teoría, tenerlo todo bajo control. Pero la realidad, volviendo a la justificación que os decía que pregonábamos, es que teníamos una manera de jugar que nos impedía especular con el resultado, iba contra nuestra religión. No éramos el Barça de Guardiola ni el Atleti de Simeone. Tampoco éramos la Limoges de Maljkovic ni el Madrid de Obradovic. Éramos una obra arquitectónica diseñada desde la primera piedra con el único y primordial objetivo de molar. De molar mucho. Obviamente, el fin último era conseguir títulos sin dejar de molar, y eso conllevaba muchos riesgos. Pero siempre confiábamos en que nos reportaría más beneficios que peligros, ya que se habrían perdido muchas más cosas de no haber tenido este sello de identidad.

El caso, volviendo al partido, es que vencíamos por diecisiete en el minuto veintiocho de partido, y nos plantamos en el treinta y seis con tres puntos de desventaja. ¿Cómo? Por un cúmulo de circunstancias que podríamos detallar durante tres párrafos o resumir en una frase: haciendo el canelo.

A remar.

Y a sufrir.

Renta, esos tres en contra, que arrastramos hasta el minuto final.

Minuto final en el que, por supuesto, ellos tenían la posesión.

Amasaron la bola como solo el Lobo Carrasco en el córner sabía hacer. Hicieron lo que se supone que hay que hacer en esos casos: consumir, si se puede, veinte segundos de posesión, tratar de conseguir un buen tiro final y cargar el rebote ofensivo. Bote, bote, bote, y, aunque el cántico diga que ahora toca escribir «maricón el que no bote», lo que sucedió es que lograron ese tiro aceptablemente librado. Podrían haber matado, sepultado y enterrado en hormigón armado el partido ahí, pero fue una pedrada descomunal. Tan fuerte dio la pelota contra el tablero y, posteriormente en el aro, que salió despedida hacia el triple. Se volvieron a hacer con la posesión en lo que parecía un definitivo rebote de ataque, convirtiendo en inútil cualquier esfuerzo defensivo por cerrarlo.

A remar otra vez.

Treinta y ocho segundos por jugarse y catorce de posesión para ellos. Demos gracias, como es de justicia, al que decidió que después de rebote de ataque la cuenta de posesión no volvería a veinticuatro, sino a catorce; todo en pos del espectáculo. ¡Bien pensado! Porque espectáculo hubo.

Su jugada volvía a estar meridianamente clara: bote, bote, bote y almendruco contra el tablero. Segunda oportunidad de incinerar el partido que tiraron al traste. Estaban ya los negritos de Ghana con las gafas de sol puestas y el pañuelo al hombro, esperando la señal para elevar el ataúd y ponerse a bailar el *Sarandonga* versión tecno. Pero no. Rebote nuestro. Tres abajo y veinticinco segundos por disputarse. Tuvimos un contraataque que no hubiera sido una locura jugarse; quizá tratar de sacarles una falta; un dos más uno, con suerte. Pero decidimos parar y mover, a ver qué salía. En estas circunstancias, en equipos del Amarrategui Blues suele ser habitual hacer falta para impedir que te puedan empatar el partido con un triple. Sin embargo, en esa época, empezaba a calar la tendencia de defender a muerte hasta el final. Y eso hicieron. Volvimos a amasar la bola esperando a que las bacterias la hicieran fermentar adecuadamente. Bote, bote, bote, y conseguimos, quizá forzándolo demasiado, un triple difícil de meter, y que, claro, no metimos. Sin embargo, la suerte volvía a estar de nuestro lado, ya que reboteamos en ataque y conseguimos sacarla inmediatamente fuera, para, esta vez sí, conseguir un tiro librado. El balón voló y voló. Y, en dirección opuesta, saltó y se elevó un jugador rival, que vino como una leona detrás de una cebra coja. El atropello fue mortal de necesidad, pero consiguió su objetivo: impedir el triple. El riesgo de tres más uno era tremendo, pero aquello no se produjo. De haber sucedido, su entrenador, que tenía pinta de haber rajado más de un cuello en la guerra de Yugoslavia, no habría tenido piedad en el vestuario. Milagrosamente, teníamos la oportunidad de empatar el partido anotando sencillamente tres tiros libres con toda la tranquilidad del mundo, ya que jugábamos en casa y el público estaba con nosotros. Se hizo ese silencio sepulcral que solo se da cuando se mete un féretro dentro de un nicho, cuando el profesor pregunta «¿quién ha sido?» o cuando, como ahora, la afición no quiere molestar a un jugador local que lanza un tiro libre importante. Fue un silencio incomodísimo, pues los jugadores están más acostumbrados a lanzar contra presión, con ruido, con jaleo, con el señor de la cuarta fila haciendo un calvo en su campo visual. Y ese silencio impone más que cinco mil griegos sin camiseta y borrachos zarandeando la canasta desde el fondo sur. Primer tiro, dentro. Segundo tiro, llorando, pero dentro. Tercer tiro, al hierro. Rebote para ellos. «La cagamos, Carlos.» Como un acto instintivo, algo que los baloncestistas llevan insertado en su ADN, el primer jugador nuestro que percibió que el rebote era de ellos y que la habíamos, efectivamente, cagado metió un zarpazo lo suficientemente consistente para que fuera falta, pero, a la vez, lo necesariamente justificado para que no le pitaran antideportiva. Todo esto en ocho décimas, que fue lo que corrió el reloj. Resulta impresionante cómo discurren todos los agentes involucrados en el juego en estos instantes.

Quedaban cuatro segundos y dos décimas, íbamos perdiendo por un punto, y ellos disponían de dos tiros libres.

Lo veíamos negro, jodidamente negro.

Ahora sí, en este momento fue cuando el público quiso, con toda la intención del mundo, jugar su baza de desestabilizar al lanzador de tiros libres rival. Diría, por lo que recuerdo, que no surtió efecto, ya que el lanzador hizo un buen primer tiro y el balón literalmente se salió de dentro. Podría buscar un fotograma exacto con el que, descontextualizado, nadie creería que ese balón terminó saliendo fuera. Pero lo cierto es que terminó saliendo fuera. Segundo tiro libre, limpio. El público había jugado sus cartas y el partido estaba abierto, pero si ambos hubieran metido sus tiros libres habríamos estado en el mismo punto.

Cuatro segundos y dos décimas por jugarse.

Tiempo muerto.

Llegados a esta situación..., ¿qué dibujas? ¿Qué dices? ¿Qué planeas? Cuatro segundos son mucho o poco tiempo en función de cómo los utilices. Puedes tener tiempo para dar tres pases o puedes no tener tiempo para dar ninguno. Puede ser suficiente para lanzar un tiro y cargar el rebote para intentar un palmeo, pero también puedes comértela y no llegar ni a elevarte con intención de lanzamiento. Son segundos para los grandes jugadores. Esos que en la NBA los llaman *clutch players*, ¿no? Esos que en España son los que tienen los cojones como toros de lidia para echarse el equipo a la espalda y que sea lo que dios quiera. Son segundos en los que dan igual los porcentajes de tiros previos realizados durante el partido. Estos segundos van en una estadística aparte. Son segundos para los elegidos. ¿Y en defensa? Vuelven las dos opciones: hacer falta para evitar que te ganen el partido desde el triple. con el riesgo de que te manden a la prórroga, o ponerte a defender hasta el final y luchar por ganar hasta el último segundo.

Sacábamos en pista de ataque. Dos jugadores colocados en la línea de tiro libre, otros dos debajo de canasta. Bloqueo simultáneo en ambas líneas. Esto sí estaba dibujado, porque lo más importante en estos instantes es algo muy básico, pero imprescindible: meter la pelota en la pista. Lo conseguimos. Recibió nuestro poste, que, inmediatamente después, se la dio mano a mano a nuestro sacador, Sergio, que, como un mantero huyendo de la policía, ya estaba allí casi antes que la pelota. Tres segundos y siete décimas y ya la tenía quien nosotros queríamos, donde nosotros queríamos y cuando nosotros queríamos. Uno, dos, tres botes. Fintó literalmente con la mirada. Tal fue el miedo del defensor que se la comió y perdió pie. Aprovechó: cuarto y quinto bote, parada en un tiempo y arriba.

Dentro.

Nos vamos a la prórroga.

¿No es apasionante este deporte?

Lo habíamos vuelto a hacer, pero quedaba rematarlo en los cinco minutos extra.

En las prórrogas se pueden dar multitud de circunstancias: que el equipo que hizo el sobreesfuerzo en el tiempo reglamentario se venga abajo físicamente y acabe siendo aplastado, que el equipo que fue remontado *in extremis* se deprima y acabe siendo sodomizado, o viceversa, en cualquiera de las anteriores. Pero lo que pasó fue lo que también suele pasar: que se mantiene la igualdad de nuevo hasta el final.

Y allí nos plantamos, con empate en el marcador en el renovado último minuto. Podríamos haber aprendido de los errores, pero eso sería lo fácil, así que decidimos volver al *canelismo* ilustrado: perder el balón y hacer falta, dos tiros en contra; fallar la canasta en el siguiente ataque y volver a hacer falta, y otros dos tiros en contra. Se lo pusimos muy fácil. Pero como somos unos putos locos de esto, no bajamos los brazos y, como no podía ser de otra forma, remamos hasta el maldito instante final. Que no se diga.

Con cuarenta segundos por jugarse volvíamos a perder por tres puntos y teníamos la posesión. No os digo lo que diseñé en el tiempo muerto porque os lo imagináis: conseguir meter la bola en el campo y que el destino, o la maña de mis jugadores, nos arrastrara como un río. Pero lo que el destino, o la maña, quiso fue que botáramos la pelota a nueve metros del aro hasta que nos dimos cuenta de que se acababa la posesión y terminamos tirando un triple que, si bien no fue mal tiro, acabó por golpear en el hierro. El reloj corrió. La situación era peor aún, casi utópica.

Veintiún segundos por disputarse y dos tiros libres; sí, otra vez, para ellos. Por supuesto, anotó los dos. No es necesario que os haga las cuentas de la vieja. La situación era la que era.

Pero rendirse no era una opción, que diría cualquier taza de mierda de Mr. Wonderful.

Ahora sí: apretamos el acelerador, tocaba ataque rápido y confiar en la inspiración. Antonio, un americano nacionalizado rumano al que llamábamos Don Antonio, nos volvió a meter en el partido con un triplazo indefendible. Ya llovía menos y se abría una ligera posibilidad. Pero como ya sabéis a estas alturas, éramos unos auténticos catedráticos del desastre: si no, qué explicación tiene que nos corrieran un contraataque después de un saque de fondo en el que emplearon no menos de cuatro segundos para poner la pelota en juego. Pero sí. Allí estaba su pívot de referencia yendo hacia canasta dispuesto a mandar el partido a galeras definitivamente. Con lo que no contaba nadie es con que Don Antonio, que a todas luces había sido el que no había realizado correctamente el balance defensivo, corriera hacia él como un AVE dirección Atocha. Si fue antideportiva o simplemente falta, quedará a juicio del que allí estuvo. Que algo fue quedó meridianamente claro. Pero no pitaron nada en lo que se interpretó como un fatal error humano. Nunca nadie se atrevió a negarlo. Los árbitros no vieron bien lo que todo el mundo vio. De nuevo un error inocente a nuestro favor que podía concedernos la oportunidad de alzarnos con el título.

Pero allí lo recordé.

Se me vino a la cabeza aquella reunión clandestina en Vitoria. No iban a dejar que nunca jamás el mundo del baloncesto fuera puesto en entredicho.

Yo siempre dudé de todo aquel entramado.

Me venían a la cabeza frases de aquel día:

—Vais a tener difícil que vuelva a ocurrir, porque todos los árbitros, a los que ya he reunido previamente esta mañana, están advertidos.

Pero ocurrió.

Ocurrió que un árbitro se acababa de equivocar de manera flagrante a nuestro favor.

Y en una final.

—Nunca nadie más, a partir de ahora, va a poder tener la más mínima sospecha de que la competición está manipulada para que vosotros la ganéis ni nada por el estilo.

Lo interpreté como un gran órdago e incluso como una amenaza mafiosa, pero siempre tuve claro que no iban a adulterar la competición en nuestra contra. Eso pensé siempre… hasta que viví lo que sucedió a continuación.

Los árbitros interpretaron que aquel remazo, que aquel coscorrón, que aquella macrocolleja fue un tapón o un estorbo legal, el juego siguió, y Yeisi, que es amor, cogió el rebote.

Con siete segundos por disputarse y dos puntos de desventaja, enfiló la pista contraria. Tras cuatro botes rápidos con zancada ancha se plantó en el triple del lado contrario, agarró el balón, dio los dos pasos de la entrada saltando desde el tiro libre y lanzó una bombita. La pelota voló, surcó los aires como un misil norcoreano y entró limpia en la metálica circunferencia naranja. Y falta. De repente, veinte segundos después, estábamos a un tiro libre de ponernos por delante. Y, por supuesto, lo metimos.

Pero, claro, restaban cuatro segundos y «Nunca nadie más, a partir de ahora, va a poder tener la más mínima sospecha de que la competición está manipulada para que vosotros la ganéis ni nada por el estilo».

Y lo que sucedió después de aquello fue la mayor astracanada que recuerdo.

CAPÍTULO XIV

44

«¡*E*ra rebote, joder!» ¡Era rebote! Acuden a mi mente todos los recuerdos de aquel partido. Lo que acabo de vivir ha sido como si un técnico informático se pusiera a conectar todos los cables del *router* con los del cuadro de mandos de la comunidad y, de repente, al darle al botón de encendido, hubieran empezado a fluir gigas y gigas de información por mi cerebro. Teníamos que haber ganado aquella puta final. Resulta que al final todo era verdad. No nos permitieron ganar. Aquellos pobres árbitros se equivocaron en la acción del contraataque y quisieron arreglarlo después con el Instant Replay. Pero, en vez de enmendarlo, lo que hicieron fue *enmierdarlo*. Que le den por culo a este partido, ahora tengo algo más importante que hacer.

—Chavales. Venid. ¡Eh! ¡Que vengáis, hostias! Escuchad.

Vienen.

—Ya está, hemos perdido —les digo en un tono más calmado—, no le deis más vueltas. De nada sirve lamentarse ahora, ni siquiera quejarse. Los árbitros han metido la pata y ya no tiene remedio. Creedme, nada se puede hacer ya. De hecho, todo lo que hagamos solo puede estropear las cosas. Estropearlo todo. Lo mejor es que os deis una ducha, os toméis unas cervezas en el jardín de ahí fuera y paséis página. Hacedme caso. Yo ahora me tengo que ir. Nos vemos el próximo día en el entrenamiento.

La realidad es que ese próximo entrenamiento me resulta un futuro muy lejano e incierto. Tengo muchas cosas que hacer ahora. Mucha gente con la que hablar. Muchas explicaciones que recibir. En aquella final y, sobre todo después, pasaron cosas muy gordas. Muy fuertes. Hechos que, por lo que sea, había olvidado. Y yo solo no voy a poder con toda esta presión. No ahora. Tampoco sé si yo solo voy a ser capaz de organizar todos los recuerdos y unir las piezas del puzle que hasta hace un rato me faltaban.

Mi yo del pasado habría podido con todo, pero ni siquiera mi yo de ese momento, por lo que se ve, pudo.

Joder, qué claro lo veo todo ahora. Qué cojones me ha pasado todo este tiempo para estar tan ciego, tan opaco, tan fuera de la realidad, tan desconectado. Solo sé que hay una persona a la que necesito ahora a mi lado. Si hay alguien que ha estado conmigo en todo este proceso, ese es Pepe. Él me ayudará a entender. Él me ayudará a salir de este pozo en el que, sin querer, me había metido.

—Hola, Pablo.

Mavi había estado viendo el partido y me espera de pie a escasos metros de la salida.

—Joder, Mavi. ¿Cómo estuve tan ciego?

—Pablo, tranquilo. Respira, que estás muy nervioso.

—¡Era rebote, joder! ¡Era rebote! Ahora me acuerdo de todo. O creo que me acuerdo de todo.

—Tranquilo. Respira. Así no vas a poder pensar con claridad.

—¿Que respire? ¡Estoy atacado!

—Mira, por qué no haces una cosa: vete a casa, date una ducha y después nos vamos a comer y hablamos tranquilamente de todo esto que te está pasando.

De camino a casa, mi mente discurre como una presa que acaban de abrir. Los pensamientos, las reflexiones y los recuerdos acuden a mi cabeza como esas luces blancas que salían en *Star Wars* cuando se alcanzaba la velocidad de la luz.

CAPÍTULO XV

45

Cuando aquel partido acabó, el enfado en el vestuario fue monumental. Volaron botellas, varias taquillas resultaron aboyadas de los puñetazos que recibieron y tres o cuatro bancos de madera se esparcieron por el espacio como auténtica metralla después de no soportar las furiosas patadas de tíos de más de dos metros y ciento y pico kilos.

Querían matar a los árbitros.

Los tuve que sujetar.

Literalmente atrancamos la puerta para que ninguno hiciera ninguna locura. Se les estaba yendo de las manos. Y eso que para ellos fue una simple acción injusta, ya que desconocían el contenido de aquel monólogo clandestino en los bajos fondos del pabellón de Vitoria. De hecho, desconocían su existencia. Simplemente se acababan de topar con el iceberg, pero no tenían ni la más remota idea de cuántas decenas de metros se hundía en las frías aguas de la reciente organización internacional del baloncesto. Habrían prendido fuego al Consejo Superior de Deportes de conocer que todo respondía a una especie de ajuste de cuentas de la competición, que, como si de la madre naturaleza se tratara, estaba devolviendo un equilibrio que creía perdido.

Paralelamente a todo este jaleo deportivo e institucional, mi mujer estaba viviendo un momento delicado de salud. Sus migrañas, que al principio yo pensaba que eran una excusa para dejarme de lado, habían ido en aumento tanto en número como en intensidad. Solo el que las ha padecido sabe lo que te inutilizan para la vida cotidiana. Te anulan como persona. Y ella estaba empezando a dejar de serlo. Fuimos de un médico a otro en busca de una solución mágica. Una pastillita de choque que pudiera aliviarle los dolores. Una aspirina mágica que la dejara vivir. Lo que no nos esperábamos ninguno era que en el fondo todo aquello fuera derivado de un cáncer terminal.

Terminal y fulminante.

La dejé el jueves en urgencias antes de acudir al campeonato y no la volví a ver.

Yo, epicentro de todo, receptor de la totalidad de la información y eje sobre el que giraba la situación, tenía un papelón entre manos. Calmar a mis jugadores, lo primero; hablar con los jefes, lo segundo; tomar decisiones, llegado el caso, lo último. Respecto a lo primero, el tono se estaba empezando a elevar y se estaban enfrentando entre ellos, ya que también rondaba en el ambiente el hecho irrefutable de que nos habíamos dejado remontar diecisiete puntos como auténticos idiotas. Y ahí no hubo ninguna influencia arbitral. Por supuesto, también estaba el temita de que segundos antes de la acción que acababa de desencadenar el presente descarrilamiento del tren habíamos hecho una falta que bien podría haber sido antideportiva, y que podría haber finiquitado el encuentro. Sin embargo, la masa, la gran masa enfurecida del equipo, seguía con el runrún de que los árbitros habían tenido la posibilidad de revisar la última acción en las cámaras del Instant Replay (como así lo hicieron), pero habían interpretado la jugada rematadamente mal, en contra de la opinión del planeta entero. O de cuatro gatos, según Pepe. Todo el que lo vio desde casa, todo el que inmediatamente se puso a revisar sus redes sociales en busca de la repetición o todo el que, sencillamente, lo apreció correctamente en el momento que sucedió, sabía que la pelota había tocado el aro, lo que convertía la acción posterior en un rebote. Nunca, jamás, en ningún universo paralelo podría haber sido

considerado ni por estos, ni por ningún árbitro de ningún deporte, tapón inválido y, por lo tanto, canasta.
Jamás.
Era imposible.
Pero lo hicieron.
Y completaron la mayor ópera bufa de la historia del deporte.
Lo peor fue lo que vino después. La partida de mus más loca. Órdago tras órdago. La rueda de prensa de mis jefes tras aquel partido fue antológica. Nunca antes habíamos hecho nada similar. Estábamos furiosos. Nos sentíamos estafados, engañados y maltratados. La amenaza de unos años atrás se había llevado a efecto y no podíamos creerlo. No habían permitido que un error humano nos diera posibilidades de alzarnos con el título, y un error forzado, para nada humano ni comprensible, a todas luces orquestado desde arriba, había manipulado el resultado final del partido.
No había precedentes.
Todos recordamos atracos en Grecia, con gente mangoneando los cronómetros a vista de todos o con decisiones arbitrales que claramente favorecían al infernal ambiente local. Pero esto era otra movida. Los árbitros habían decidido revisar la jugada en las cámaras para después decidir justo lo contrario de lo que había sucedido. El timo de la estampita. Ni Tony Leblanc habría podido representar esta situación de manera fiel. Todos habríamos pensado que la ficción había ido demasiado lejos, que esas cosas, en realidad, no podían suceder.
Y aquí estábamos.
Amenazábamos con irnos de la liga. Con dejarlo todo. Con dejarlos tirados. Económicamente, sin nosotros, esa liga no era nada. Nada de nada. Se morirían sin nosotros. O eso pensábamos en ese momento. En el fondo, no queríamos irnos: fue un simple, pero gigantesco, órdago. Lo que pretendíamos era sencillo: que se repitiera aquella prórroga. Ni siquiera queríamos la victoria en los despachos. Eso nunca. Era más que evidente, y todo el mundo estaba de acuerdo, que aquel minuto final

no se arbitró de acorde a lo sucedido en el campo. Los errores arbitrales fueron tan graves, flagrantes e influyentes sobre el resultado final que no tenía sentido que uno u otro equipo quisiera arrimar el ascua a su sardina. Ambos habíamos salido perjudicados o beneficiados, y ambos teníamos motivos para sentirnos enormemente agraviados por alguna de las decisiones arbitrales. Aunque, todo sea dicho, había un pequeño matiz: el título ya adornaba sus vitrinas.

No hubo manera.

Ninguna negociación fue posible.

Nos pirábamos.

Estaba decidido.

La liga había hecho oídos sordos y se negaban a repetir aquella prórroga. Lo consideraban una humillación por la que no estaban dispuestos a pasar. Nos dejaban entonces a nosotros, a todas luces, como los únicos humillados. Millones de aficionados reclamaban justicia. Nos rogaban que hiciéramos algo: aquello no podía quedar así.

Por mi parte, estaba a punto de rendirme.

Estaba exhausto, no podía más.

Y a este viaje le faltaba una maleta muy gorda, pesada e incómoda de transportar que iba a terminar por derrumbarlo todo.

Me comunicaron que mi mujer acababa de morir.

CAPÍTULO XVI

46

—¿*Y* qué hago ahora, Mavi? ¿Qué se supone que debo hacer?
—Han sido muchas emociones juntas, Pablo. Es normal que te sientas perdido después de que toda esa cantidad de recuerdos hayan vuelto a tu cabeza.
—Pero... ¿dónde estaban todos esos recuerdos? ¿Por qué no me acordaba? ¿Qué está pasando? ¿Qué me está pasando? —le digo, absolutamente desconcertado y un poco fuera de mí.
—Pablo, sinceramente no lo sé, pero...
—Pero ¿qué?
Su cara, triste, descompuesta, con la mandíbula tan cerca del suelo que podría tropezarse con ella, lo decía todo. Estaba acojonada. Si yo tenía más o menos claros mis sentimientos (ira, frustración, desesperación y ansia por saber), ella solo sentía miedo. Miedo a perderme, miedo a que lo nuestro tuviera fecha de caducidad, supongo.
Tengo que hablar con Pepe.
De todas las personas que están ahora mismo a mi alrededor, él es el único que ha vivido conmigo todo. Mi mujer... se fue; mi madre, ausente desde antes de irse definitivamente; y mi hijo, ni está ni se le espera. Es triste, pero, si no fuera por Mavi, estaría prácticamente solo. No obstante, siempre me queda recurrir a ese hombro en el que me puedo apoyar cuando todo se derrumba, a esas manos que sujetan mi frente cuando vuelvo descompuesto de una noche de Jagger e hidalgos injus-

tificados, a esas orejas siempre prestas a escuchar lo que tenga que decir o pedir, y a esa boca que, si bien le hubieran venido genial unos *brackets* en la adolescencia, acostumbra a pronunciar las palabras que necesito.

Pepe es el complemento perfecto para un tipo como yo. Un Sancho para un Quijote, un Pujol para un Aznar, un Karanka para un Mourinho. Eso es Pepe para mí.

Bien es cierto que la última vez que hablé con él casi le suelto una hostia que lo visto de torero, pero Pepe sigue siendo mi Pepe.

Salgo del indio en el que estaba comiendo con Mavi. El *tikka massala*, suavecito, bien; pero el madras que se me antojó hace sus estragos en mi esófago. Los hizo en la ida, quemando todo a su paso como las patas de un pollo de corral en lo alto de un soplete, y hace lo propio en el viaje de vuelta, retornando al ambiente un olor a guindilla, curry y miedo a afrontar la realidad. Acompaño a Mavi hasta su casa. Trago aire y contengo la respiración para darle el beso de despedida: no quiero que se vaya pensando que está empezando a salir con un hijo de la Khalessi, que a todas luces termina siendo frío y seco. Pero, dadas las circunstancias, se puede llegar a entender.

—¿Estás bien? ¿Quieres que pasemos la noche juntos?

—No, de verdad, prefiero caminar un poco.

Noche al medio. Eso decía siempre mi padre. Ante los problemas que estaban por llegar, recomendaba dialogar, al menos, una noche con la almohada, hacerte tus esquemas mentales y, si se terciaba, tomar decisiones a la mañana siguiente.

Voy adelantando camino, que veo la almohada demasiado lejos aún y tengo que matar el tiempo.

Fue tremendo. Nos fuimos de la puta liga. Una mafia gobernaba la competición. Las sospechas de todos los conspiranoicos eran ciertas y nos taparon la boca. Nos callaron. Al final se podría decir que no nos fuimos, sino que nos echaron. Éramos simples piezas de un tablero que no alcanzábamos a imaginar cuán grande era. Quién podría haber pensado que detrás del baloncesto habría toda esa amalgama de intereses económicopolítico-sociales. O aceptabas las reglas, o te ibas fuera. Y no aceptamos las reglas. No las aceptamos porque no eran justas. Eran nuestros salarios, era nuestra vida, pero no queríamos jugar así. No queríamos ser parte de aquello en lo que querían terminar de convertir el deporte. Pero me siguen faltando piezas. Y solo conozco a una persona que sabe cuáles son y en qué orden van.

47

—¿Qué pasa, Pepe, *hijoputa*? —le digo con cariño.
—Hola, Pablo. ¿Qué tal?
Deambulamos en una conversación banal. Cuando quiero hacer una envolvente para ganarme la confianza de alguien, suelo actuar así. No es que Pepe deba rendirme pleitesía, pero no sería de recibo que me fuera a dar la patada ahora. Cuento con su ayuda, con su apoyo. Aunque le guardo cierto resquemor por su actitud de los últimos días, acabo claudicando.
—Discúlpame, tío. Ando muy nervioso desde que mi hijo me despreció de aquella manera.
—Ya…
—Y luego está todo esto que me da vueltas en la cabeza…, lo que te comenté el otro día. Estoy notando que están pasando cosas, pero no termino de entender qué.
—No pasa nada, Pablo. Bueno, te tengo que dejar.
No voy a permitir que me cuelgue.
No.
No me va a dejar con la palabra en la boca otra vez.
—No, Pepe, no. No puedes callarte otra vez. Nos conocemos desde hace muchos años. No te diré que me obedezcas, pero, desde luego, por puro respeto, deberías ser un poquito más claro conmigo.
Me ha colgado.
Pepe me ha colgado el teléfono. Me ha dejado con la palabra en la boca. El muy sinvergüenza.

No voy corriendo a su casa porque no puedo, pero ando todo lo rápido que me permiten las artrósicas rodillas de exdeportista de élite que tengo a estas alturas de la vida.

Pepe vive en un piso. Un tercero sin ascensor. Es a todo lo que pudo o quiso aspirar. Es un edificio feo de cojones, como la inmensa mayoría de las casas en bloque que se hicieron a finales de los noventa. Tumbas en vida. Tiene un telefonillo de esos antiguos, sin cámara. Menos mal. Es imposible que me abra si me ve la cara de sicario kazajo que llevo encima. Marco el código: ocho campanita.

—¿Quién?

—Yo.

Esa combinación de palabras que abre todas las puertas del mundo. Ese código secreto que te permitiría entrar en el mismísimo Pentágono. No sé quién confiamos que pueda ser ese yo, pero damos por hecho que es alguien que conoce nuestro exclusivo código secreto.

Entro en el portal.

Mármol de imitación, viejo y sucio. Frío como todos, eso sí. Un espejo al fondo que a buen seguro habrá servido para un último retoque adolescente antes de salir a la calle a comerse el mundo. La imagen que refleja de mí me deja trastocado. Veo un tipo mayor, con la cara bastante caída, unas ojeras que me podría anudar por debajo de la barbilla y una rata grisácea acostada en mi nuca. Se me ha echado la vida encima en este instante, o puede que sucediera hace tiempo y que me haya dado cuenta ahora. Después de cuarenta y siete tediosos escalones, cuya altura ha ido aumentando exponencialmente, me planto delante de su puerta. Un felpudo donde algún avispado genio del *marketing* tuvo la ocurrencia de serigrafiar la rancia frase «bonitas bragas» me recibe con los brazos abiertos.

Toco el timbre.

Abre.

Me ve.

Intenta cerrar.

Pongo el pie.

—Pero ¿qué haces, desgraciado? —le digo.
—Vete, Pablo, por favor.
—Déjame entrar, que no te voy a pegar.
Otra de esas frases mágicas que te abren puertas.
Me deja entrar.
Nada más poner mi segundo pie en su casa, noto en su mirada derrota y cansancio. Mi primer impulso es abalanzarme sobre él y, al menos, darle un bofetón. Finalmente, me limito a cogerlo de la pechera y lanzarlo al sofá.
—Pero ¿qué cojones te pasa, tío?
Suelta una lagrimilla.
A los pocos segundos abre los ojos de par en par. Coge el mando de la tele y la apaga deprisa y corriendo. Estaban echando un partido de baloncesto. Es difícil terminar este sudoku con tan pocos números, pero resulta más que evidente que algo está pasando, que algo me está ocultando. Nunca lo había visto así. De repente, está extasiado, estresado, angustiado. De repente, está muy mayor.
—Vamos a ver, Pepe. Tú no estás bien —le digo con toda la claridad que puedo demostrar, tratando de no ofender.
—Pablo...
—Sabes que puedes confiar en mí. Sigo siendo el mismo de siempre.
—No pasa nada, Pablo, en serio. Déjalo.
Percibo desesperanza en su actitud corporal. Parece que Pepe lleva un peso en la mochila que se le empieza a hacer insoportable. Si estuviera más hundido en el sofá, formaría parte de él.
—Pepe, solo te pido que me digas si tengo motivos para estar preocupado. No hace falta que me digas nada más. Dime eso y te prometo que me iré y te dejaré tranquilo.
—Pablo, tienes motivos para estar más que preocupado.

CAPÍTULO XVII

48

—*P*ablo.
—Dímelo ya, hostias.
—Pablo, padeces alzhéimer desde hace tres años.
Boom.
Desde el momento en el que un familiar del que dependen el cincuenta por ciento de tus genes adquiere una enfermedad degenerativa como el alzhéimer toda tu vida es un continuo tictac. Una cuenta atrás en la que esperas ese momento en el que te va a suceder lo mismo que a aquella persona. Miras el reloj esperando un día no saber siquiera leer la hora. Te miras al espejo y crees que en algún momento no reconocerás quién es ese que ves frente a ti. No tiene por qué suceder, porque al final todo depende de determinados condicionantes añadidos, pero el miedo nunca te abandona, siempre va detrás de ti agarrado con fuerza a tu bolsillo. Lo que siento ahora es que el miedo ha tirado fuertemente de esa tela que cuelga de mi nalga y donde suelo guardar (mal hecho) la cartera, y me ha obligado a girarme y mirarlo a los ojos.

No queráis mirar a los ojos al miedo.

Es como ese demonio que vimos en *El día de la bestia*: una cabra roja bípeda de cuernos retorcidos que te agarra del cuello y te echa espumarajos en la cara. Se te mete dentro y se adueña de tu alma.

Y no te deja vivir.

Y, al final del todo, te tira por el precipicio.

Mi madre se fue sin reconocerme. Murió sin saber que tenía un hijo al que adoraba y que la adoraba. Se le borraron del disco duro aquellos paseos camino del colegio, agarraditos de la mano; esa foto del beso en los morros en la playa que tanto nos gustaba; y todos esos partidos a los que con tanta ilusión venía, Panasonic de kilo y medio en mano, a verme y que pasaba luego a VHS. Y esa maldita enfermedad aniquiló sus recuerdos igual que yo borré aquellos vídeos para grabar encima las finales de la NBA narradas por Montes y Daimiel.

Que se me vino el mundo encima es obvio. Que dentro de mí una vocecita me decía hace tiempo que aquello era una posibilidad real, también.

Pero por qué.

Por qué hace tres años de esto y me entero ahora.

—Pablo. Claro que te lo dijimos. ¡Cómo te vamos a ocultar algo así! Sencillamente, lo has olvidado. Los que estamos a tu alrededor creemos que vives más feliz en la ignorancia. Lo has pasado muy mal. Cuando te enteraste, caíste en una profunda depresión que hizo de catalizadora de tu pérdida de memoria. Se te juntó todo aquel año. Muchísimas emociones, malas noticias y, luego, esto, claro. Subiste en una montaña rusa en la que nunca ningún pasajero sabe si se está cayendo o ascendiendo.

—Pero… ¿y ahora? —le digo sin dejar de alucinar, pero con ansias de saber.

—Ahora parece ser que se te ha abierto una ventanita de conexión con la realidad. Por eso me imagino que estarás abrumado y no sabrás siquiera qué leches te está pasando. Es lo que me contabas que le pasaba también a tu madre.

—Mi madre…

Me dio un pinchazo de emoción, miedo y angustia que se agarró fuerte a mi esternón y se quedó con las piernas colgando en mi estómago.

Yo vi cómo acabó mi madre. Todo ese proceso.

—Siempre pienso que el baloncesto te va a venir bien.

Que te puede hacer recordar. Mantener tu mente activa, al menos. Y mira, de vez en cuando, te pasa como ahora. Conectas con la realidad y vuelves con nosotros. Pero nunca sabemos lo que va a durar.

—O sea, que…

—Es la cuarta vez que empiezas a entrenar a este equipo, Pablo. Todos saben lo que te pasa. Se hacen los nuevos para que no sospeches. Por eso te suena toda esa gente y no acabas de ubicarlos bien.

—¿Y por qué no explicármelo? ¿No me ves capaz de entenderlo?

—¿Cada día? ¿Cada semana? ¿Cada cuánto tiempo?

—No sé.

—Porque, además, querido amigo, eres imprevisible. Hay veces que te pones bastante violento cuando te enteras de todo esto.

No es el caso. No estoy enfadado, ni furioso, ni decepcionado. No siento que me hayan estafado como cuando me enteré de todo el entramado de los Reyes Magos o que me estén tomando el pelo por no ser sinceros conmigo. Doy por hecho que lo hacen porque me quieren y no desean verme sufrir.

Lo que estoy es acojonado.

Tengo mucho miedo.

—Por eso te pediría, ahora que estás en un momento de lucidez, que te dejes llevar. Que sigas entrenando al equipo y que no trates de pelear contra ti mismo. Esta enfermedad es una hija de puta que carcome tus recuerdos sin que puedas hacer nada. Quiérete, quiere a los tuyos y disfruta de la realidad mientras seas consciente de ella.

—No sé muy bien cómo asimilar todo esto.

—¿Una cervecita y te pongo al día?

Si esta es la realidad, es dura como una piedra. Como veis, no tengo palabras para Pepe. No sé qué decirle. Estoy terroríficamente abrumado por los acontecimientos. Solo alcanzo a darle las gracias.

—Pepe…

—Dime.

—Gracias, tío. Por estar siempre a mi lado y no dejarme solo. No sé qué habría hecho sin ti.

—No hay por qué darlas. Quiero pensar que tú habrías hecho lo mismo por mí.

—Permíteme que lo dude, mamarracho.

Saco unas sonrisas al ambiente que parecían imposibles cuando hace unos segundos me estaba contando que me evaporo poco a poco, como un charco en pleno agosto.

—Pero, entonces, Pepe, ¿qué pasó con el equipo? Ahora ya no sé qué sucedió de verdad y qué me has contado tú para endulzarme el cerebro.

—Nos fuimos.

—¿De la liga?

—No. Nos fuimos tú y yo. Era evidente que no estabas en condiciones de seguir en primera línea. Llevabas varios meses en los que los silencios en los tiempos muertos iban a más. En ocasiones, no sabías muy bien qué decir. No siempre, eh. Cuando estabas lúcido, seguías teniendo en la cabeza todo lo que pasaba en la cancha, y, como siempre hiciste, milimetrabas cada jugada en la pizarra.

—Lo que pasa es que luego no me hacían ni puto caso.

—Lo que pasa es que luego no te hacían ni puto caso, eso es.

—Y nos fuimos.

—Y yo me fui contigo. Llevaba treinta años siendo el delegado del equipo. No podía aspirar a nada más. El resto sí que tenían más pretensiones.

—¿Ah, sí?

—Claro. La mayoría de los entrenadores ayudantes sueñan en silencio con que despidan al primero para tomar la alternativa... y ver si suena la flauta.

—¿Y sonó?

—Sonó la novena sinfonía.

—Vaya tela.

—Y nos vinimos aquí, a mi pueblo. Yo me acomodé en casa de mis difuntos padres, y tú pudiste comprarte la casita en la que vives por tres perras gordas. Yo, como ya sabes, estoy casi siempre pendiente de ti. Que no te falte de nada. Ni tu medicación, ni tu comida. Ni compañía.

—Como siempre hiciste.
—Exacto, como siempre hice.
—Pepe, te quiero, tío.
—Que te den por culo, maricón.
—¿Qué hay de esa cervecita?

CAPÍTULO XVIII

49

$\mathcal{Q}$uerido Mikel:

Sé que, hoy en día, ya no está de moda mandar cartas escritas, pero, ya ves, aunque no lo creas (pues nunca me permití demostrarlo delante de ti), soy un romántico. Nunca me gustó *Black Mirror*, ya lo sabes. Quiero, además, que tengas este recuerdo en dos dimensiones de celulosa con garabatos de tinta barata sobre él. Un *email* me parecía muy frío; ambos sabemos que ni siquiera abrirías un audio de WhatsApp; y, por supuesto, tampoco deslizarías el dedo sobre el coltán si vieras que mi nombre aparece en tu pantalla con intención de mantener una charleta.

Te escribo por dos motivos.

El primero es disculparme.

Perdóname, hijo, por no haber sido todo lo buen padre que esperabas. Perdóname por, directamente, no haber ejercido como tu progenitor. Delegué todas esas funciones en mamá, que, dicho sea de paso, las administró con absoluta maestría. Yo me centré en el baloncesto. El maldito baloncesto. Ese que cogiste con ganas de pequeño, cuando me mirabas como si fuera un superhéroe, y que aborreciste después, cuando viste que a lo largo de la semana llevaba más veces la capa que las gafas de cerca. Y sé que tú no necesitabas que yo ganara Copas de Europa ni que estuviera horas ensimismado analizando el entramado ofensivo del rival de turno para conseguir ganarlas. Sé que tú solo querías que fuera a tu habitación, te preguntara qué tal el día, me tirara al suelo a jugar con los coches o que echáramos un uno contra uno en la canastita que colgamos de la puerta. Y que no me dejara ganar, que aquello te enfurecía. Lo siento por no haber estado y por no haber sido, esos dos tiempos verbales perversos que en inglés se representan solo con uno. Ya no tiene remedio, pues el tiempo nunca vuelve, solo corre hacia delante. Y si acaso lo hace, es para golpearte y causarte daño en el cielo de la conciencia.

No estoy orgulloso de cómo lo hice.

Sin peros.

El segundo es despedirme.

Esa enfermedad que nos robó a tu abuela ahora ha encontrado en mí un nuevo y confuso huésped. Está quemando mis recuerdos y no hay cortafuegos que lo pare. Por eso, con esta carta, también quiero dejarte constancia de palabras que pronto mi cabeza no será capaz de verbalizar. Me estoy apagando, pequeño Mikel (siempre serás pequeño para mí), pero todavía preservo cierta lucidez. Lucidez suficiente para hacerte ver que te quise, te quiero y te querré, porque el amor es para siempre, como decía aquel poema de Facundo Cabral que nos aprendimos de memoria para el recital del colegio. Que te quise mal, es cierto; que te quise poco, una falacia. Te quise con hambre, con sueño, con meconio en el culo u oliendo a colonia. Te quise cuando no sabías ni darte la vuelta en la cuna y cuando aprendiste a correr detrás de mí. Lástima que después hiciste lo propio en dirección contraria y sin intención de mirar atrás. Aquellos primeros pasos me parecieron kilómetros, y aquellos abracitos contra mi pierna, pura medicina. Amé cada tontería tuya: cada beso sonorísimo al aire, cada sonrisa sin motivo y cada descubrimiento inesperado. Al principio, fue fácil. Fue sencillo cuando era un simple exjugador, sin más oficio ni beneficio que el que quisiera imponerme a mí mismo. Pero tuvo que venir aquella oferta irrechazable. Aquella oferta que yo consideré irrechazable. Y cambié mi paternidad por los banquillos de alto copete. Seguía ahí, en casa, contigo, con mamá. Pero era tal la obligación que me impuse de no fallar a la afición, que con vosotros ponía el piloto automático. Y, como digo, estaba, sin ser. Otra vez ese puto verbo inglés que malamente bifurcamos en dos. No debería haber dejado de ser, ni conformarme solo con estar.

Y te vuelvo a decir que lo siento.

Tú de esto tampoco te acuerdas, no por nada, tranquilo, sino porque hasta los tres años el ser humano construye un cerebro apasionante, pero más centrado en almacenar aplicaciones para su correcto funcionamiento que en rellenar de contenido su disco duro.

No sé cuándo.

Tampoco cómo.

Solo sé que va a suceder.

Va a llegar ese momento en el que no sepa cómo te llamas. Que no sepa que existes. Me aterra que un día decidas volver a casa y no reconozca tu cara, tu cuerpo, tu voz. Lloro por lo que sentirás cuando lo veas desde el otro lado, igual que me pasó a mí con la abuela. Porque, aunque ahora estás lejos, física y emocionalmente, algún día querrás volver, como hemos hecho todos después de ese arrebato de madurez mal entendida que nos hace creernos que ya somos mayores e independientes y que no necesitamos a nuestros padres.

Y yo ya solo me conformo con que seas consciente de que, aunque no lo haya hecho todo lo bien que esperabas, siempre vas a tener un padre.

Te quiero mucho, hijo.

Tu papá

CAPÍTULO XIX

50

*E*l drama es real.

Pero la congoja que siento no solo no me ha paralizado, sino que ha hecho que me ponga en funcionamiento. Llevaba años con el salvapantallas conectado, y ahora que tengo el escritorio con todas las carpetas delante, me encuentro con que hay una cuenta atrás gigante que todo lo tapa. Ojalá hubiera una clave como la que tenía Desmond en *Perdidos* para ponerlo a cero cada ciento ocho minutos. Cuatro, ocho, quince, dieciséis, veintitrés, cuarenta y dos. Pero no. Esto se acaba y he de ponerme en paz con el mundo. Con mi hijo ya he dado el primer paso; con mi padre, es lo urgente y más necesario ahora mismo; con mi mujer, ya no tiene remedio.

Me monto en el coche y pongo rumbo al pueblo de mis padres. Ni recuerdo la última vez que cogí mi viejo híbrido ni, por supuesto, la última vez que atravesé las fronteras de esta cárcel sin barrotes y olor a chimenea en la que llevaba encerrado no sé ni cuánto tiempo. Noto los pedales durísimos. O seré yo, que estoy más flojo. Según el GPS, son dos horas. Obviamente, no sabría llegar sin él. Este maravilloso invento del demonio atrofió mi sentido de la orientación mucho antes de que ese señor alemán empezara a hacer sus estragos en mi cerebro. Quién sabe si muchas de las enfermedades mentales que ahora surgen tendrán su origen en el escaso uso que le damos en ocasiones a esa masa viscosa que no todos tenemos dentro del cráneo.

Aprovecho esas dos horas para reflexionar y divagar de un artista a otro en mis listas favoritas de Spotify. Iván Ferreiro me deprime y me dura dos canciones. Con el soniquete de Leiva no puedo, me suena demasiado agudo y se me clava en lo más hondo de la cabeza ahora mismo. Bunbury es tan barroco que se me hace muy espeso en estos momentos. Necesito algo de fácil digestión. Optimista, pero sin caer en lo naíf. Algo que me levante el ánimo, pero huyendo de Mr. Wonderful.

Sabina.
Sabina es la clave.
Sabina siempre encaja.
Pongo sus grandes éxitos y le doy al aleatorio.
Que sea lo que el maestro quiera.

Siempre me sobraron los motivos para demostrar mi amor por mi familia, pero lo que encontraba eran excusas para no hacerlo. No sé si fue cosa puramente mía, si lo heredé o si, simplemente, soy así, pero me convertí en un tipo despegado y arisco con mis padres. Renegué de abrazos y besos, y hui de los «te *quieros*» injustificados. Ahora, a las puertas del pueblo que me vio nacer y crecer, debato conmigo mismo qué hacer cuando vea al tipo que puso la semillita en mamá hace más tiempo del que quiero reconocer. Le abrazaría y lloraría. Le diría cuánto lo he querido en silencio. Y me despediría con un adiós que no maquillara un hasta luego. Pero su inseparable Renault 5 no está en la puerta de casa y temo no encontrármelo dentro. Sí, todavía conduce. Ve menos que un perro por el culo y tiene peores reflejos que el portero de Malta, pero para ir y venir a por leña, hacer la compra y acercarse al campo de fútbol a ver el partido cada dos domingos, todavía se apaña.

Llamo a la puerta. No responde nadie. Doy tres manotazos fuertes. Nada. O está en uno de los dos primeros cometidos, o se ha muerto y le han robado el coche, cosa que supondría un cúmulo de infortunios nada apropiado para estos momentos. Empiezo a buscar por lo obvio. El bar-restaurante La Jara. Solía echar raíces ahí antes de la enfermedad de mi madre. Antes de que tuviera que dedicarse en cuerpo y alma a ser las manos, los pies, la memoria y el funcionamiento general de su mujer. Paró todo. Confinó su vida por amor, y ahora, en su fase de nueva normalidad, no sería de extrañar que tratara de retomar viejas costumbres.

El bar-restaurante La Jara tuvo su apogeo a finales de los noventa. Salían lechazos como churros y se montaban buenas zapatiestas en su inmenso salón. Era un lugar recurrente para bodas, bautizos y comuniones. Varios primos míos se casaron allí. Ahora, en una clara negativa a evolucionar y adaptarse a los tiempos, los dueños tienen menos ilusión por trabajar y por vivir que las cabezas de animales muertos que cuelgan adosadas de las paredes de su garito. Pero para acodarse en la barra y tomarse unas cervezas con un pinchito de jabalí estofado tiene su aquel. Y de esa guisa me encuentro a mi padre. Por la mirada, perdida y de ojos rojos, y por el tembleque de su mano no dominante, apostaría mi patrimonio a que bien del todo no está.

—Hombre, hijo…
—Papá…

Sin planearlo, llega un abrazo inevitable. Queda forzado, más que nada porque no sabemos hacerlo bien. Dudamos entre apretar, dar palmadas, rozar mejillas o terminar con una caricia de cara. Nos queda raro, pero consta para las estadísticas. Y para la historia. Al separarnos, es fácil entrever por cómo me mira que sospecha que algo no va bien. Nadie se hace dos horas de camino después de tanto tiempo y abraza a su padre si no ha sucedido algo gordo.

—Papá, ¿nos vamos a casa?
—Esta es mi segunda casa ahora, hijo. No voy a estar más a gusto dentro de aquella construcción alicatada que sigue oliendo a tu madre.
—¿Todavía piensas en ella? —le digo medio suspirando.

—Cada día más que el anterior. Desde que murió, no soy nadie. He perdido mi razón de ser. ¿Qué pinto yo ya aquí?
—Hombre, nos tienes a nosotros.
—¿A vosotros? Si, desde el entierro de tu madre, te he visto dos veces. ¡Dos veces!
—Ya...
—Que no te lo reprocho, ojo. Que yo habría hecho lo mismo, ya te digo. Los pueblos son cementerios vivientes. Zombis que van de un lado a otro buscando quehaceres, pero que no tienen ni más oficio ni beneficio que criticar al de al lado y al de enfrente. En un sitio como este, si estás solo, es imposible no caer en la bebida.
—Te entiendo. Yo ahora también vivo en un pueblo.
—¿Qué dices? ¿Desde cuándo?
—Pues de eso quería hablarte también. No me acuerdo muy bien desde cuándo.

Me mira a lo ojos. De hecho, es la primera vez que lo hace. Es la primera vez que despega la mirada del vaso de chato que meneaba en círculos como queriendo hacer un remolino de espuma de cebada. No sé qué nota, pero lo nota. Serán las bolsas de mis ojos, la lágrima que asoma a punto de rebosar o qué sé yo.

Pero lo nota.
—No...
—Papá, ¿te vienes conmigo a ver a mamá?

51

El doctor Vallico fue quien diagnosticó, trató y cuidó al milímetro cada detalle de la evolución de mi madre desde el primer día hasta el último. Es un médico de cabecera de esos que cada vez que vas a la consulta se tiran media hora contigo hasta que dan con la enfermedad que te ha llevado hasta ellos y te sacan dos o tres más de propina. Y por el mismo precio. Fue ese empeño suyo el que le llevó a mi madre a hacerse las pruebas pertinentes, tratando de descartarlo absolutamente todo antes de dictaminar lo inevitable, como el que busca a un desaparecido por los bares antes de liarse a escarbar en las cunetas.

—No sé. Meses. Años. ¿Ves? He perdido la noción de las cosas que he olvidado. También he olvidado hace cuánto lo olvidé, valga la redundancia.

—Pero, Pablo, tú has venido aquí con un diagnóstico ya hecho. ¿Has traído el informe? —me dice el doctor.

—¿Qué informe?

Siempre tuvimos muchísima confianza con él. Era habitual verlo por el pueblo; de hecho, incluso podríamos considerarlo amigo de la familia. Tanto es así que se me pasa por la cabeza que ahora pudiera responderme: «¿Qué informe? Pues el de mi polla enorme». Pero la situación es seria, él es todo un médico y está de servicio, y se refiere al verdadero informe. No es un truquito de rimas facilonas que ahora no vendría a cuento.

—Yo no tengo ningún informe, doctor. Lo habré perdido. Vete a saber.

—Pues necesito ver el informe, porque, si ya te diagnosticaron, para qué vamos a andar rediagnosticando, ¿no?

—Yo qué sé, macho. ¿Y si se han equivocado?

—Con los antecedentes que tienes, complicado. Pero necesito ver el informe.

—Pues tendré que buscarlo. Doy por hecho que el médico del equipo se encargó de todo.

—Él lo tendrá.

—Le llamaré.

—Mientras tanto, ¿hace cuánto que no te haces una analítica?

—¿Una analítica?

No puedo parar de pensar rimas. El cabrón me la quiere colar y ahora me va a decir: «Sí, el de tu polla paralítica», o algo así.

—Sí, una analítica, Pablo. Para revisar un poco todos tus

niveles. Céntrate. Es una cosa que suele hacer la gente para prevenir antes de curar. No sé, te conozco desde que eras un chaval y, con todo el respeto, dejaste la línea del sobrepeso hace ya unos cuántos kilómetros. Es más, para ti, esa línea es ya un puntito en el horizonte. Y el avance de cualquier enfermedad, de cualquiera, se acelera con unos malos hábitos.

Levanto la vista y lo miro fijamente. Me ha llamado gordo asqueroso en toda la cara. Aunque, bueno, tiene razón.

Vuelvo a bajar la mirada.

—Tienes razón. Quizás haya llegado el momento de empezar a cuidarse.

—Pues mira, ahora, aquí, en la salita de al lado, te tomarán una muestra de sangre. Déjame tu tarjeta.

—¿Qué tarjeta?

—La de mi polla en tu jeta.

Será cabrón.

52

En la tercera calle de la derecha, más o menos por el medio, entre «Familia Rebollo Guerrero» y un nicho vacío esperando inquilino, encuentro el agujero en el que reposa lo poco que queda de mi madre. Conozco poca gente de su generación que prefiriera la incineración antes que el entierro mondo y lirondo, y ella no iba a ser una excepción.

—Ay, mamá. Cuánto te echo de menos...

Nunca entendí a la gente que va a los cementerios a charlar con restos de huesos y gusanos vigoréxicos. Siempre me parecieron personas vacías, huecos por dentro, gente que no superó su pérdida y se aferra a un esqueleto que en nada representa a la persona a la que añoran. Un diálogo ficticio en el que necesariamente hay que inventarse el cincuenta por ciento a conveniencia del guionista de turno.

Y aquí estoy.

Delante del trozo de trescientos kilos de granito de Hacendado que separa mi cuerpo del lugar en el que metimos el de mi madre.

—Ay, mamá. La que liaste. Ahora resulta que tengo lo tuyo. Aquel señor alemán de nombre impronunciable con el que pusiste los cuernos a papá los últimos años de tu vida ha venido a cortejarme. Es un galán. De los que viene cada día y te suelta un piropo de manera muy indirecta. Luego, cuando te quieres dar cuenta, has caído en sus redes y no puedes hacer otra cosa que dejarte llevar por él. Cuánto te comprendo ahora, mamá. Sé lo frustrante que debió de ser ver cómo se iban arrancando páginas del libro de tu vida sin que pudieras hacer nada por pegarlas con celo. ¿Y ahora qué hago? ¿Qué se hace? ¿Qué me dirías ahora que puedes mirarlo con perspectiva? ¿Qué se siente? Fuimos muy negacionistas contigo. Y esa ceguera nos llevó a no despedirnos como debimos. No queríamos afrontar la realidad tal y como vino. Nos costaba entenderlo todo, también hay que decirlo. Pero ahora me arrepiento de que no nos sentáramos a charlar tranquilamente cuando todavía estabas bien. Cuando todavía eras tú. Ya fue tarde cuando quisimos hacerlo y dependíamos de aquellos momentos de lucidez que tenías, esos instantes en los que veíamos el cielo abierto; no obstante, cada vez eran menos y más cortos, hasta que un día, sin previo aviso, fue el último. Fue la última vez que fuiste consciente de todo lo que te quería. Luego te seguí queriendo, claro, pero tú ya no te enterabas de nada. Por eso no quiero que me pase lo mismo: voy a disfrutar de cada instante, de cada momento, de cada persona. Mientras pueda.

—Pablo, hijo, yo también quiero que sepas que te quiero.

Una voz de ultratumba me sobresalta y noto cómo los pelos de mi testículos me hacen cosquillas en el gaznate.

—Hostia, papá, si eres tú. Qué susto me has dado, joder.

—Venga. Vámonos, anda, que es tarde.

—¿Tú sueles venir a hablar con mamá?

—¿Para qué?

53

Suena en mi móvil *Los toros en la Wii*, de Love of Lesbian, por la parte del estribillo final. Deslizo el dedo al tercer «fantástico».

—¿Qué pasa, Mavi?
—¿Cómo estás, Pablo?
—Pues bien. Poniendo un poco en orden mi vida, mis prioridades.
—Entiendo.
—Estoy en casa de mi padre, he ido a mi médico de toda la vida, he visitado a mi madre en el cementerio. Un poquito de todo.
—Y, ya sabes, ¿cómo estás?
—¿Te refieres a mi enfermedad?
—Sí...
—Alzhéimer, Mavi. Hay que perder el miedo a llamar a las cosas por su nombre.
—Sí, tienes razón.
—Pues estoy bien, la verdad. A excepción de este nudo constante en el estómago que se me ha agarrado bien fuerte, que está saltando a la comba con mi intestino delgado y que me está obligando a ir al baño más a menudo de lo normal, pues bien. No noto nada raro.
—¡Eso está genial! Según Pepe, en los últimos tiempos, has tenido épocas muy buenas, pero dice que luego lo olvidabas todo, cuando sufrías un episodio de fuerte pérdida de memoria.
—¿Has hablado con Pepe?
—Sí, vino a mi casa el otro día. Estaba preocupado por mí. Quería verte a ti también.
—Supongo que tendré que aprender a convivir con todo esto.
—¿Y qué pasa con el equipo?
—Pues no me había parado a pensarlo.

—¿No irás a dejarlos tirados? Pepe dice también que el baloncesto siempre te ha venido bien para mantener la mente fresca y mitigar los efectos de…, ya sabes.
—El alzhéimer.
—Eso. Perdón.

Le cuesta. No solo a Mavi. A la sociedad en general. Nos cuesta llamar a las cosas por su nombre, como si mentarlas fuera a despertar la ira del demonio y el karma se fuera a cebar contra el emisor de la palabra prohibida. Harto estoy de leer en notas de prensa que no sé quién murió después de una «larga enfermedad». No. Esa larga enfermedad tiene un nombre: cáncer. Y bien haríamos en ser conscientes de todo lo que matan las enfermedades de cuyos nombres no queremos acordarnos, para, de una puta vez por todas, invertir seriamente en investigación, para que, sencillamente, se muera menos gente antes de tiempo. Sin más.

—Bueno, estaré aquí un par de días con mi padre. Y luego me vuelvo con vosotros. Creo que lo mejor es que, dentro de lo posible, haga vida normal. Y ahí entra Pepe, el equipo y…

—¿Y? —me dice esperando con ilusión una respuesta que no sé si darle.

—Pues si ves a Pepe dile que no se preocupe, que mañana o pasado estoy allí. Para el próximo partido, seguro.

—Genial. Que queda poco para acabar la liga.

—¿Ah, sí? —le digo con sorpresa, básicamente porque, en el fondo, no sé ni en qué fase de la liga estamos.

—Claro, idiota.

Fuerzo una tos.

—Perdón. Claro. No. No te he llamado idiota por nada. Ya sé que no sabes en qué fase estamos por…

—Que sí, boba, que te estaba vacilando un poco.

—Pues eso. Que quedan un par de partidos. Y si ganáis este, en el siguiente podéis convertiros en campeones de la liga.

—Y tú.

—¿Y yo qué?

—Que también entras tú en mi vida normal, ¿no?

—Claro, claro, también entro yo —me dice con voz dulce.
—Porque… ¿tú y yo qué somos?
—¿Cómo que qué somos?
—¿Tú qué quieres? —insiste.
—¿Ahora mismo?
—Sí.
—Un *gin-tonic*.

CAPÍTULO XX

54

De ser un trasnochado, caduco, solitario y amargado entrenador de baloncesto retirado he pasado, al cabo de tan solo unas semanas, a estar de nuevo en activo, estrechar lazos con los pocos familiares que me quedan, ser consciente de que tengo una enfermedad degenerativa incurable e imparable, y, me da miedo hasta decirlo, a medio enamorarme. Mierda, debería retirar eso. Negaré haberlo dicho, aunque me torturen clavándome astillas bajo las uñas o haciéndome ver partidos del Estudiantes. Yo, que hasta hace dos suspiros tenía por únicas pretensiones beberme unos cuantos tercios, echar los Euromillones y volver a casa para ver si encontraba alguna mujer en mi pantalla que se conformara con cualquier desperdicio humano. Aunque se vaya por el retrete todo el esquema de valores sobre el que había construido mi vida de jubilado, la deriva es positiva.

Pero justo ahora el tiempo se me acaba. ¡Hay que joderse!, que diría el inspector pelirrojo del libro de un calvo musculoso que leí hace tiempo.

Llego a mi casa y, de pronto, todo me resulta muy ajeno. Cajas de pizza, migas de pan, la cama sin hacer y un olor generalizado a coliflor cocida que me hacen pensar qué cojones he estado haciendo todo este tiempo con mi vida.

No había nadie al volante. Ahora estoy bien. O, al menos, mejor. Y tengo que aprovechar el tiempo perdido mientras sea medianamente consciente.

Tictac.

Por lo pronto, gracias a que Mavi me lo recordó por teléfono, sé que tengo partido. Y es importante. Estos chicos han estado haciendo un gran esfuerzo por ayudarme sin que yo fuera consciente de ello. Y, por lo visto, si ganamos, tendremos opciones de alzarnos con la liga en la siguiente jornada. Pues habrá que ganar, no conozco otra manera de proceder.

55

—Una milnueve aquí, Angelito, que hay cosas que celebrar.

Hace poco que sé que mi vida se consume como una cerilla de las que enciendes después de cagar para quemar el metano que sale de tu ojete y, curiosamente, me siento más vivo que antes. El fuego ya llevaba tiempo deshaciendo la maderita del mixto, pero yo estaba mirando para otro lado. Directamente no miraba a ningún sitio. Qué cojones, no sabía ni que había ninguna mecha encendida. El debate eterno entre la consciencia y la ignorancia. ¿Qué te da más felicidad? ¿Enterarte de lo que te rodea o meter la cabeza en la tierra?

—¿Qué pasa? ¿Vais a ganar la liga o qué? —me pregunta el mesonero.

—Anda, coño, pero ¿tú estás al tanto de todo?

—Pablo, macho, ¡que mi hijo está en tu equipo!

Por favor, que no sea Almansa, que no sea Almansa, por favor.

—Sí, hombre. Kiko…

—¡No me jodas!

Kiko merece mención aparte. Quizá con más tiempo. Otro día. Otro capítulo. Otro lo que sea. Pero tiene una buena historia detrás. Mejor no le saco el tema de lo que me ronda la cabeza sobre su hijo, ya que se le ve un padre demasiado…, demasiado… no sé… Dejémoslo en demasiado conservador.

—Es muy buen tío tu chaval, Angelito. Enhorabuena.

—Mira, por mucho que me hagas la pelota, no te voy a invitar a ninguna ronda, eh.
—Maldito viejo avaro.

56

Pepe, como es costumbre extremadamente habitual en él, merodea ya por los interiores del pabellón Víctor Seda. Pasea de aquí para allá con las manos en la espalda. La curvatura cervical provocada por años y años de mirar a pantallitas táctiles en las que apuntaba puntos, rebotes, fallos, faltas y cualquier mierda nueva que a mí se me ocurriera le confiere un aspecto exterior que bien le podría haber supuesto una oportunidad como doble de Igor.
—¿Qué pasa, Pepe?
—¿Qué pasa?
—¿Qué pasa?
—Nada.
—Pronto te has rendido, mariconazo —le digo.
—¿Qué tal por el pueblo, Pablo?
—Bien, Pepe, bien. Me ha venido de lujo. He puesto los pies en la tierra y he renovado mi ansia por vivir.
—¿Sí, eh?
—Sí. Me has cambiado la vida.
—Ya, pero…
—Sí, ya. Que esto es imprevisible. Que los brotes que tengo van y vienen como Ivanovic en el Baskonia.
—Exacto. Haces bien en disfrutar del presente mientras seas consciente de él.
—Eso hago. Aun así, he estado buscando en Internet mucha información.
—¿Sí?
—Sí. Dudas de todo lo que digo, cabronazo.
—Ah, vale, vale.
—He visto que los hábitos y estilos de vida influyen en el aceleramiento de la enfermedad.

—¿No me digas que vas a dejar de beber cerveza?
—A ver, con calma. Hemos dicho que había que disfrutar del presente.
—Ya decía yo —me responde, sonriendo.
—Estoy esperando el resultado de unos análisis que me hice el otro día en el ambulatorio del pueblo de mi padre. Con suerte, a ver si sale algún parámetro que sea fácilmente mejorable comiendo menos comida basura y podemos ralentizar un poco el borrado de mi memoria.
—Ah. Muy bien. Ay, espera, que me llaman al móvil.

Veo que se aleja unos metros para hablar con tranquilidad.

Observo a mis chavales en la pista número tres intentando con ahínco meter canasta desde detrás del tablero. Son gilipollas. Y adorables. Los miro con la nostalgia de una vida con ellos que no recuerdo haber compartido. Estos tíos son impresionantes. Vienen una y otra vez, y me hacen sentir buen entrenador. Su fingir que no pasa nada provoca que me sienta vivo. Miran para otro lado cuando, cada cierto tiempo, no recuerdo quiénes son.

Lo de la memoria a corto plazo es una putada. Según me explicó Pepe, mi cerebro tiene muchísimos problemas para almacenar contenido nuevo. Sigo recordando determinados eventos del pasado, pero, cuando me sobreviene un brote, se me borran los últimos que llegaron. Quiero disfrutar de estos chavales mientras pueda. Acabar con ellos esta liga y, si se tercia, ganarla. Sería el broche perfecto. Porque le vengo dando vueltas a una cosa: creo que la retirada definitiva es inevitable.

Es hora de echar el telón.
Es hora de colgar la pizarra.
Es hora de pelar la mandarina.

—Así que vosotros lo sabíais todo desde el principio, ¿no? —les digo cuando los tengo a todos reunidos.

Noto miradas diferentes a las de otros días, sobre todo a las del primero. No sé si han cambiado mis ojos o los suyos, pero ahora noto cercanía.

Nostalgia.

Amor.

Estos chavales me quieren. Llevan conmigo más tiempo del que yo he sido consciente. Han hecho un esfuerzo tremendo por hacerme sentir normal una y otra vez.

—Menudos hijos de puta sois.

Ríen a carcajadas y me dan un abrazo grupal.

Son mi equipo.

Son mi puta familia.

—¿Jugabais mal a propósito al principio para hacerme sentir mejor en cuanto mejorarais, o realmente erais así de paquetes?

Vuelven a reír.

—Ya en serio, obviamente hacía años que no tenía esta sensación de comunión con uno de mis equipos. Esto que habéis hecho por mí es inolvidable... Bueno, es una manera de hablar, ya me entendéis. Pero ahora tengo que confesaros una cosa.

Miradas de expectación y extrañeza.

—Llevo dándole vueltas a un tema desde el otro día. Creo que estos dos partidos que quedan van a ser los últimos de verdad. Sin retorno.

—No... —exclaman, con decepción, varios al unísono.

Murmullos.

—Dejadme hablar, por favor —les corto—. No creo que esto sean maneras de llevar un equipo. Vosotros necesitáis un entrenador normal, y yo necesito vivir mi vida. Necesito aprovechar el tiempo. No quiero decir que estar con vosotros no sea aprovechar el tiempo, pero... ya me entendéis. Mi familia, mi hijo... Tengo que vivir mientras sea consciente del presente, porque el futuro, ahora más que nunca, no existe.

—Pero...

—Que me dejéis hablar, hostia —les vuelvo a cortar—. Así que vais a salir a la pista y vais a ganar. Por vosotros. Por mí. Por el baloncesto, que todo lo une. Por la vida. Comportaos en la cancha como os habéis comportado moralmente conmigo fuera de ella. Si sois el equipo que me habéis demostrado que sois, ganaremos.

Y lo demuestran.

Y ganamos.

No sé si es que estos sinvergüenzas han estado haciendo el papelón de sus vidas, pero ahora incluso me parecen buenos jugadores.

Después de las despedidas respectivas de árbitros y oficiales de mesa, voy camino del vestuario. En su interior, mis chavales, contentos, alegres, festejan con la boca pequeña el paso de gigante que hemos dado para alzarnos con el campeonato. Si ganamos la próxima jornada, seremos campeones. Me gusta esta liga, como las de toda la vida. Sin *playoff* ni inventos. Todos contra todos. Gana el mejor. Se golpean las nalgas desnudas con la toalla enrollada al ritmo de Bad Bunny. No podían ser perfectos. Me duele no haber conseguido cambiar, aunque sea un poquito, sus gustos musicales.

En una esquina, Pepe y Joseantonio charlan con la espalda apoyada en la pared mientras comparten un par de cervezas, que, a estas horas y con el elevado porcentaje de humedad habitual de los vestuarios, les estarán entrando como dios. Noto que Pepe tiene dos botellines, uno del que bebe y otro que alza a la par que sus cejas. Ha de ser mío.

Doy un par de pasos en su dirección con la mano en forma de Playmobil, dispuesto a hacer la pinza en ese vidrio cilíndrico que tantos buenos ratos me ha hecho pasar cuando, de repente, suena mi teléfono. Las letras impresas en mi pantalla táctil me informan de que el doctor Vallico está haciendo una llamada entrante.

Deslizo el dedo.

—¿Qué pasa, doctor?

—Pablo...

—Tienes los análisis, ¿no? ¿Qué? Que estoy muy gordo, ¿no?

—Pablo, tenemos que hablar —me dice, muy preocupado.

—¿Qué pasa?

—Más bien qué no pasa.

—¿Qué?

—Dudo mucho que tengas alzhéimer, Pablo.

—¿Cómo? —digo, sorprendido, pero casi para mis adentros, en voz muy baja, mientras no paro de observar la insistencia con la que Pepe me ofrece la cerveza.

—Lo que arrojan los análisis es que la causa de tus problemas de memoria es una sustancia exógena.

CAPÍTULO XXI

57

La noticia me cae como debió de caer en La Fonteta aquella mandarina prodigiosa desde el otro lado de la pista. Me congelo por dentro y por mis venas empieza a correr Calippo de fresa.
Sudores fríos.
Siento náuseas y vértigos.
Cómo cojones que no tengo alzhéimer. Qué mierda es esta. Mi vida ha dado dos giros de ciento ochenta grados, pero ni muchísimo menos estoy en el mismo lugar que al principio. Más bien he dado dos vueltas de campana, el coche está intacto, pero yo estoy magullado, desorientado y con ganas de matar al que iba en dirección contraria y me ha echado de la carretera.

Disimulo haciendo ver que la llamada se prolonga, paso de largo declinando el ofrecimiento de la cerveza bien fresca y pongo rumbo a casa. Ya con el móvil en el bolsillo, mi cabeza está centrifugando como esos segundos previos al pitido final en los que la lavadora parece que quiere hacer todo el trabajo que no ha hecho en las dos horas anteriores. Un hervidero de sentimientos, emociones y reflexiones galopan en mi cabeza con ansias por llevarse toda la atención del público. Un grupo de padres de mis jugadores esperan en la salida a sus hijos; creo que me saludan con cariño, emocionados, pero, ahora mismo, no soy capaz de procesar información externa. Soy la maldita personificación de la palabra «absorto». Completamente perdido en mi propio mundo, paso entre ellos y creo que digo alguna palabra de agradecimiento y despedida educada, pero lo hago de un modo inconsciente. Es una pequeña parte de mí la que se encarga de una breve y rápida actuación para poder seguir retroalimentando los mismos pensamientos.

Avanzo a paso rápido. Siento el impulso de tomarme algo para despejarme. No sé si una aspirina, un paracetamol o un *gin-tonic*. Quizá todo junto.

Me meto en el primer tugurio que encuentro y lo pido todo. El dueño, un señor mayor con acento asturiano, me dice que lo único que tiene es ibuprofeno, y que la ginebra con la que trabajan es Larios.

—Lo que sea —le digo.

No puedo ni quiero perder tiempo en banalidades.

No soy dueño de mis actos.

El primer *gin-tonic* entra como si fuera agua y cumple a la perfección la misión que le había sido encomendada. Con el segundo me empiezo a relajar de verdad. Estoy en una mesa lo más apartada posible de las miradas de los habitantes de aquel inframundo.

De repente, empiezo a sospechar de todo el que me rodea.

Un señor mayor, gordito y con gafas, con chinos y camisa, pero con unas Jordan adornando sus pies, dirige una conversación con tres o cuatro parroquianos que lo rodean.

—¿Qué opináis de Pocoyo? —les dice.

Nada. O es un lenguaje en clave o algunos ya no saben ni de qué hablar.

Tal fue el *shock* al oír lo que me dijo el doctor Vallico que le colgué sin dejar que me explicara mucho más. Lo primero sería tranquilizarme y hablar con él. Me pido el tercer cacharro y, mientras me lo traen, busco en las llamadas recientes para darle al botón verde.

—Perdona, doctor. Me has dejado en *shock* y no he podido continuar la conversación.

—Ya me imagino. Perdona la brusquedad, pero tenías que saberlo cuanto antes.

—Sin duda.

—Te he llamado unas cuantas veces más, pero no lo cogías. Me estabas asustando.

—A decir verdad, ni me he dado cuenta de las llamadas. Me he quedado completamente paralizado.

—Lo entiendo —dijo con un tono que en todo momento trataba de ser tranquilizador.

—Pero ¿cómo es posible, doctor? ¿Qué cojones ha pasado?

—Pablo, las elucubraciones te las dejo a ti. Yo soy médico, y solo puedo interpretar los datos del análisis. Esta es la única certeza que tenemos ahora mismo. Por cierto, te los he mandado al *email* haciendo marcas en los parámetros importantes.

—¿No tengo alzhéimer, entonces? —digo casi como esperando tenerlo, como deseando que no se me hubiera desmoronado el castillo de naipes tanto como pensaba.

—El alzhéimer no es una enfermedad que se pueda diagnosticar con una serología, como si fuera la covid-19.

—¿Qué es eso?

—Da igual. Un virus que ya no tiene importancia.

—Ah —le digo, absolutamente extrañado.

—Lo único que te puedo decir es que en tu sangre aparecen unas determinadas sustancias que están directamente relacionadas con la pérdida de memoria y la anulación de la personalidad.

—Pero yo no he tomado nada de eso, doctor.

—Ya me imagino, Pablo. Ya me imagino. Nadie toma esto por voluntad propia. Bueno, alguno habrá, vete a saber, pero eso no viene al caso.

—Entonces... —le digo, preguntando, sin preguntar.

—Entonces... tendrás que sospechar que alguien quería borrarte ciertas cosas del disco duro y que no memorizaras asuntos nuevos.

—La puta que me parió —le digo con cierto acento argentino.

No puede ser que todo el mundo esté conchabado para tratarme como a un gilipollas y engañarme día tras día para hacerme creer cosas que no son.

No puede ser.

Me niego a pensar que vivo en *El show de Truman*. Esas cosas solo pasan en las películas.

¿Van a ser mis jugadores tan hijos de la gran puta de participar en un confabulación que me hace creer que tengo una enfermedad que en realidad no tengo?

No puede ser.

¿Va a ser Mavi capaz de...?

No puede ser, pero si la acabo de conocer.

¿Va a ser Pepe capaz de...?

—¿Qué se debe? —le digo al viejo asturiano.

—Quince sesenta, caballero.

—¿Por un brebaje que en las farmacias venden para desinfectar las manos?

Se encoge de hombros.

Salgo de aquella taberna con la certeza de que no volveré a pisarla. Con la mente un poco más fresca y las piernas ligeramente temblorosas, me dirijo hacia mi casa. Tengo que ser todo lo rápido que pueda. Camino muy deprisa como solo Rajoy sabía hacer y atravieso la puerta medio tambaleándome. La mezcla de emociones, drogas blandas y medicinas baratas hacen que no me quede más remedio que hacer una parada de emergencia en el baño. Echo todo lo que tengo en el estómago y en parte del hígado por el desagüe mientras maldigo al miserable del tabernero que me ha estafado con una ginebra revenida, mala y de garrafón. Pero mira, mejor.

Dónde cojones estará. La llave. La maldita llave de casa de Pepe. Hace años me dijo que me dejaba una copia por si sobrevenía alguna emergencia y no se me ocurre mejor momento para darle uso. Tiene que estar en el cajón de debajo de la tele. Rebusco entre las tres revistas *Gigantes* que guardo como oro en paño porque salía yo en la portada, el *pack* con todas las temporadas de *Friends*, lo que parecen las escrituras de la casa y unas cuantas multas sin pagar que ya habrán prescrito. Aquí están. Con un llavero de El Barrio. No se puede ser más cateto.

Vuelvo a salir por la puerta. No diré que rápido, ya que no estoy ni física ni emocionalmente para sobreesfuerzos, pero lo intento.

La casa de Pepe está a doscientos metros de la mía. Qué explicación me va a dar este tío para justificar haberme drogado, mentido y engañado durante no sé ni cuánto tiempo. Muy grande tiene que ser la excusa. Mi mano derecha. Mi compañero de alegrías y penurias. No me lo puedo creer.

Tiene que haber una explicación.

Y me la va a dar.

Entro en su horrendo bloque de pisos, subo sus carcomidas escaleras, escupo en su hiriente y machista felpudo, y entro en su casa. No sé si revolverlo todo para buscar no sé muy bien qué o sentarme en el sofá para esperarle. Gana la segunda opción porque, aunque estoy furioso, no estoy menos cansado. Y, total, las explicaciones van a terminar saliendo de su boca, no de sus muebles. Me acomodo, miro el reloj y me dispongo a esperar. No sé cómo, ni cuándo ni de qué forma, pero me quedo completamente sopa.

Me despierta el ruido de la puerta abriéndose y me espabila la voz de Pepe, casi gritando.

—¡Pablo! Pero ¿qué cojones…?

—Hombre, Pepe.

—¿Qué pasa, Pablo?

—Hola, majo. Siéntate, anda, que tienes muchas cosas que contarme.

—Pablo…

—Que te sientes, hostias —le digo en tono muy serio, pero sin alzar la voz.

Suspira ampliamente y viene al sofá a cámara lenta, se deja morir en él y se aprieta con intensidad la frente y las sienes con los dedos.

—Pablo… Sabía que este momento iba a llegar. Desde que, digamos, despertaste el otro día y no fui capaz de…

—Y no fuiste capaz de volver a drogarme, ¿verdad, hijo de puta?

—No... A ver, Pablo.

—Ni a ver Pablo ni hostias. Ahora mismo, sin prisa, pero sin pausa, me vas a contar con pelos y señales qué cojones está pasando aquí.

—Pablo, tranquilo.

—¡Que dejes de repetir mi nombre con ese tonito condescendiente y me cuentes lo que está pasando y lo que has hecho conmigo todo este tiempo!

—Te lo voy a contar todo. Confía en mí. Desde que me vi envuelto en todo este embolado, sabía que este momento llegaría, tarde o temprano. Estoy preparado. Déjame coger una cerveza.

—Coge lo que te salga de los cojones, pero empieza a hablar ya.

—¿Quieres una?

—No quiero nada —me impaciento.

—Vale, vale. ¿Otra cosa? ¿Quieres tomar otra cosa? —me dice muy insistente, como si pretendiera ignorar lo furioso que estoy.

—No me voy a tomar nada que salga de tus manos.

—Vale, perdona. Solo intentaba crear un buen clima.

Llevo treinta años confiándole todo a Pepe, pero en apenas unas horas me resulta absolutamente ajeno a mí. Es un extraterrestre. No habla mi idioma. No sé si viene en son de paz o busca que le reviente la cabeza con un hierro puntiagudo y oxidado clavado a un trozo de tabla. No sé quién es ni por qué actúa así. No sé qué quiere ni qué trama. No me fío ni lo más mínimo de él.

—Pablo, haces bien en no confiar en mí —me dice mientras vuelve de la cocina—. No puedo continuar más con esta farsa. Me estoy engañando a mí mismo, que ya está mal, pero no estoy siendo nada justo contigo. Esto es insoportable.

Alargo un silencio incómodo.

—En el fondo, me alegra que por fin vaya a poder quitarme esta losa de encima que tanto daño me está haciendo.

Es la primera vez que habla en este tono. Pienso que hasta ahora no conocía a Pepe. Al menos no a este Pepe.

Continúa hablando mientras regresa al sofá con el botellín ya abierto. Se vuelve a dejar caer lanzando al aire un pequeño suspiro.

—Sí. Tienes razón. Lo que he hecho ha sido gravísimo. Te he engañado y te he mentido. A ti y a todo el mundo. Todo lo relacionado con tu enfermedad es completamente falso. El doctor jamás te hizo prueba alguna. Jamás. Todo formaba parte de una gran bola de nieve que no he podido frenar.

Se echa a llorar. No a lágrima viva. Lo hace sutilmente, con una pequeña gota salada que se desliza por su mejilla hasta la boca. No hace nada por secarla y me mira fijamente con esos infantiles ojos marrones que creo que nunca había mirado de cerca. Quiero pensar que, dentro de él, no hay maldad, pero apenas me ha contado nada y no puedo dejar de sentir furia.

Necesito saberlo todo.

—Pepe, puedes confiar en mí, yo solo quiero saber qué pasa. Saber qué ha sucedido. Todo.

—En fin. Allá voy…

Bajo la guardia y me coloco en una posición receptiva, dispuesto a recibir la información que tenga para mí.

Por eso no veo llegar el cenicerazo contra mi cabeza.

Caigo medio inconsciente en el reposabrazos.

Alcanzo a escuchar su furia.

—¡Que te bebas la pu-ta-cer-ve-za! —grita entre dientes mientras introduce el morro de la botella en mi boca.

Casi me atraganto.

Me sobreviene una tos salvadora y escupo contra su cara ese compuesto a base de lúpulo y vete a saber qué otra cosa.

La cerveza cae al suelo.

En el rugido que profiere mientras me vuelve a golpear violentamente, expulsa millones de partículas de espumarajos, ira y cierta dosis de locura. Y, tras ello, se echa a llorar. Esta vez sí, desconsoladamente.

Mientras termino de perder la consciencia, observo cómo sale corriendo por la puerta.

CAPÍTULO XXII

58

—*T*ranquilo, Pablo. Conmigo estás a salvo. A ver, no es que sea yo una luchadora grecorromana, pero juntos podríamos con él.

—Que es Pepe, eh. Un mierda que no ha matado una mosca en su vida.

—Además, por lo que cuentas, su única intención es que bebas no sé qué cosa.

—No sé muy bien hasta dónde llegan sus intenciones, Mavi.

A pesar de que cuando desperté en casa de Pepe podía valerme por mí mismo, la llamé inmediatamente para que viniera. Por si acaso. Ahora estamos en su bonita, limpia, ordenada y tranquila casa.

Qué bien huele.

—Pablo, sé que este es un momento en el que en los libros y en las películas los protagonistas deciden tomarse la justicia por su mano y se ponen a jugar a los investigadores, detectives, policías, jueces y sicarios (todo a la vez), pero nosotros, a diferencia de ellos, somos reales.

—Ya.

—Y, sobre todo, no somos gilipollas. Porque esto tiene pinta de ser un *fregao* que nos viene grande. En fin, que yo te quiero mucho y todo eso, pero tú ya no estás para muchos trotes.

—Tampoco te cebes, cariño mío —le digo con cierta sorna.

—Perdona. Pero sabes que es verdad —me responde con tono amoroso—. Yo, por otro lado, soy una simple funcionaria que en sus ratos libres ejerce de árbitra.

—Tú eres una bestia que puede con todo —le digo con entusiasmo ligeramente ficticio.

—Que sí, que sí. Que vamos a ir yendo a la comisaría.

Decidimos tamizar un poquito la historia que le relatamos al oficial que toma buena nota de todo en un cuaderno con el logotipo de la Policía Nacional. En el fondo, lo único de lo que tenemos pruebas fehacientes es de la agresión, en forma de un abultado chichón en mi cabeza. Del resto, de la película de mafia siciliana de serie B en la que me he visto envuelto, no tenemos nada más que unos simples análisis y la sospecha de que Pepe está detrás de los parámetros que en ellos salen desorbitados. Pruebas, lo que se dice pruebas pruebas no tenemos ninguna. Pero, por lo pronto, mi excompañero tiene abierto un expediente por el que, en algún momento, tendrá que dar la cara. Ni se nos pasa por la mente contarle a este buen señor con bigote y acento extremeño con pinta de estar demorando demasiado el momento de jubilarse que creemos que hay algo muy oscuro en quien hasta hace dos días fue mi fiel escudero. Y sospechas de algo más que ni siquiera nos atrevemos a evocar.

—Ya sabes que esto me afecta a mí casi tanto como a ti. Recuerda que llevo años dándole vueltas a una idea bastante clara de lo que le pasó a mi padre.

—Háblame un poco de esa idea que te ronda la cabeza.

Carraspea, inspira y coge fuerzas.

—A ver, mi padre, como bien sabes, se vio envuelto en un escándalo arbitral en el que, por mucho que diga la gente, no tuvo ninguna mala intención. Pero, a raíz de aquello, algo debió de pasar porque mi padre cambió radicalmente de actitud. De ser un tío, y un árbitro, muy echado para adelante, muy envalentonado e incluso dictatorial en la pista, pasó a ser un perrillo apaleado al que todos los estamentos tiraban del rabo. Y no se quejaba.

—Claro, hubo una reunión en Vitoria muy oscura en la que estábamos él, yo… y algunos otros.

Le cuento con pelos y señales lo que recuerdo de aquel asunto.

Suspira.

—Joder, ahora lo entiendo todo. Mi padre se terminaría hartando y no querría pasar por el aro.

—¿Y dices, o eso me dejaste caer hace un tiempo, que tu padre murió en extrañas circunstancias?

—La versión oficial dice que murió de una parada cardiorrespiratoria.

—Tócate los cojones.

—¡Como si hubiera alguna muerte en la que no hubiera una parada cardiorrespiratoria!

—Es la hostia. Es probable que tu padre descubriera algo de lo que tramaban y les plantara demasiada cara.

—Y le salió cruz.

Le damos vueltas a qué hacer a continuación. ¿Qué cojones hacemos ahora? ¿Esperamos a que los Cuerpos y Fuerzas de Seguridad del Estado hagan su trabajo sin más? ¿Tratamos de encontrar a Pepe? ¿Nos encerramos en casa y dejamos que pase el tiempo? ¿Nos vamos a cenar fuera? A mí me rugen las tripas. Llegamos al acuerdo de que, si estamos juntos, no debemos temer a Pepe. Mal se tendría que dar. A no ser, claro, que aparezca con refuerzos que le ayuden a hacer por la fuerza, valga la redundancia, lo que se supone que tenga que hacer conmigo. En tal caso, estaríamos jodidos. ¡Y el partido! Joder, nos queda un partido de liga: si lo ganamos, seremos campeones. No puedo no ir. Se lo prometí a los chavales. Estos partidos y me retiraba, les dije, pero no puedo dejarlo antes de tiempo.

—No podemos escondernos, Mavi. No tenemos nada que ocultar y nada que temer.

—No sé, no sé —me dice, desconfiada.

—La policía lo sabe casi todo. Están alerta por si reaparece. Eso nos han dicho.

—¿Te cuento algo sobre a cuántos policías tocamos por habitante? Porque es imposible que estén pendientes de todo y de todos. Y lo sabes.

—Vámonos a cenar por ahí, Mavi. Te lo pido por favor. A pesar de todo, por primera vez en no sé cuánto tiempo, me siento libre. Me siento vivo. Ahora sé dónde y cuándo estoy. Ahora sé quién soy. Me siguen faltando respuestas, por supuesto. Pero ahora ya sé que nadie me va a poner palos en las ruedas para poder avanzar y salir de este pozo que llamáis pueblo. Y no te negaré que no quiero meterme en la cueva. Si Pepe está ahí fuera esperando encontrarme, que me encuentre.

—Venga, vale. Vámonos, anda. Disfrutemos del presente.

Caminamos rumbo al asiático de la rotonda de la salida. Trato de ser consciente de cada paso, de cada calle, casi de cada respiración. Dejamos atrás el dieciocho de la calle Madrid, donde vive Mavi, atravesamos una gran avenida con amplias aceras y con ancianas que andan a buen ritmo y visten pantalones rosas del Decathlon. Un señor pasea a su perro a regañadientes y un grupo de estudiantes hace el idiota en la parada de autobús. De repente, el pueblo me parece menos pueblo. Me da la impresión de que he estado embutido en unos pocos metros cuadrados, sin ser consciente de lo que me rodeaba. Lo que quiera que sea que Pepe estaba haciendo correr por mi sistema circulatorio anulaba buena parte de mi capacidad de observación. Iba y venía como un zombi sin oficio ni beneficio. Tenía puesto el navegador y el piloto automático con un destino y una velocidad que yo no podía fijar. Era una maldita marioneta en sus manos. Ahora todo huele mejor, brilla más y parece más grande.

Seguimos caminando. Avanzamos a un ritmo algo lento, como de paseo romántico. Sin prisas. Hasta que, sin darnos cuenta, las yemas de nuestros dedos se rozan. Nos miramos de reojo y esbozamos una media sonrisa. Ambos queremos, pero nos parece demasiado.

Finalmente, apoya la cabeza en mi hombro.

Y claudicamos.

Gracias, decimos al unísono.

—Mis gracias, vale... pero ¿las tuyas? —le digo sorprendido.

—Las mías son porque me sale del coño.

Irrefutable.

Por el lento y delicado camino se nos ha ido haciendo de noche. Torcemos en la calle que nos lleva, por fin, al asiático que tantas ganas teníamos de probar. Pero entonces divisamos una sombra que no nos esperábamos.

—Lo siento, pero no vais a cenar chino hoy, amigos.

Pepe sale de un soportal.

Suda.

Tiembla.

Nos mira con los ojos rojos, probablemente porque lleva llorando más tiempo del que jamás nadie podría reconocer.

—Pepe... —Solo alcanzo a decir su nombre para intentar calmarlo, instintivamente.

—Pablo, mira su mano —me susurra Mavi, casi sin mover la boca, como si fuera José Luis Moreno.

La pistola que tiene parece pequeña para las que solemos ver en manos de actores en las películas o abrochadas a los cinturones de los policías. Pero es una pistola. Si no es de juguete o de fogueo, probablemente tenga la capacidad de matar. En mi puta vida me podría haber imaginado que este infraser al que siempre he tratado como a un cero a la izquierda tuviera una pistola en el cajón de los calzoncillos.

—Tenías que ser el más listo de todos, ¿no? Tú siempre un pasito por delante, ¿verdad, Pablo?

—¿De qué me estás hablando? A ver, relax, por favor. Tranquilízate.

—Todo era tan sencillo, Pablo. Tan tan sencillo. Y tuvo que aparecer ella para trastocarlo todo y alejarte de mí.

—Pepe, yo sigo aquí. No me he ido a ningún lado. No sé por qué dices eso.

—Sabes perfectamente de lo que estoy hablando.

—O sea, que es verdad. ¿Me has estado drogando todo este tiempo?

—Yo solo nos estaba cuidando. A ti y a mí. Y a nuestras familias.

—¿De qué hablas, Pepe? ¿Qué pintan nuestras familias ahora?

—Cállate, anda. Siempre tienes que saberlo todo, ¿verdad? Pues se acabó. Ahora ya no tiene remedio y debo cortar por lo sano. No intentes entenderlo.

Levanta el arma.

Tiembla.

Llora.

Nos apunta. A mí solo, para ser exactos.

Aparto a Mavi de mi lado y le digo que se proteja. Está paralizada. Como para no estarlo. Yo tampoco es que vaya sobrado de agallas.

Alzo las manos en son de paz.

Doy un pasito al frente.

—No te muevas, Pablo. No hagas esto más difícil, por favor.

Tiembla cada vez más.

Las lágrimas que le caen por las mejillas podrían revertir la desertización del norte de África.

Le obedezco y me quedo en el sitio.

Vuelve a bajar la pistola.

Trato de hablar con la mirada. Tantos años juntos, uno al lado del otro, pero pocas veces frente a frente. Nunca nos habíamos mantenido la mirada más de un segundo. Jamás. Ahora puedo ver en sus ojos quién es, así como todo el sufrimiento que lleva encima. Percibo, cosa que me desagrada, una mirada desequilibrada.

Una mirada imprevisible.

Y eso no mola nada.

—Pepe, tiene que haber otra solución.

—No se me ocurre ninguna, Pablo.

De repente, deja de temblar.

Mantiene el pulso firme.

Inspira fuertemente y suelta el aire en tres tiempos, como si fuera a lanzar un tiro libre decisivo.

Sin darme tiempo a reaccionar, vuelve a levantar la mano en la que lleva la pistola.

Y dispara.

—Pepe, me cago en tu puta madre.

CAPÍTULO XXIII

59

*Q*uerido Pablo:

Si estás leyendo esta carta es porque por fin se ha acabado todo. Si tienes este folio entre las manos es porque me he atrevido a poner fin a mi vida y al tormento que he estado viviendo desde que nos echaron por la fuerza de la élite del baloncesto. Ha sido demasiado tiempo para una mente frágil como la mía. Aún no entiendo cómo he sido capaz de cargar con esta mochila en la que cada día parecía haber una piedra más que el anterior. No me he atrevido a contarte en persona todo lo que te voy a contar ahora mismo. No quería irme al otro mundo con tu cara de decepción como última diapositiva de un PowerPoint repleto de momentos épicos que finalizó abruptamente.

Nos echaron, Pablo. Nos echaron vilmente. Pero eso no es lo peor. No fuimos los únicos (algo ya sospecharás), tampoco los primeros. Un nuevo orden se impuso en el baloncesto y los clásicos ya no pintábamos nada allí. Ni siquiera nos plantearon adaptarnos al nuevo medio porque sabían que aquel circo no iba con nosotros. Si solo nos hubieran dado la patada y ya está…, pero no. Lo que hicieron, lo que implantaron fue tan grave, tan carente de valores e incluso de derechos humanos que no podían permitirse que ni fuéramos conscientes de lo que tenían entre manos. De lo poco que pude saber, hazte a la idea de que todo lo que entendemos por deporte pasaba a un segundo plano y solo importaba el espectáculo y el dinero. Y, cuando digo que todo pasaba a un segundo plano, me refiero a todo, incluido la salud, la vida privada y la moral de todos los actores implicados. Todos los que claudicaron tuvieron que pasar por el aro. Todos. El baloncesto agonizaba con sus paupérrimas audiencias y su escasísimo impacto mediático, y la vuelta de tuerca que dieron dejaba al *pressing catch* como un espectáculo creíble y sincero.

Convirtieron el baloncesto en una farsa.

Todo era mentira, Pablo.

Todo.

Los partidos estaban orquestados y coreografiados desde arriba. Los jugadores, que en un altísimo porcentaje no sabrían dedicarse a otra cosa, dijeron amén. El dinero lo pudrió todo, Pablo. Todo. Aceptaron. La inmensísima mayoría aceptó y tragó con aquella patraña en la que salían a la cancha sabiendo lo que iba a suceder. Les daba igual. Sus sueldos, por fin, se habían multiplicado. Los controles *antidoping* pasaron a la historia. Todo valía si beneficiaba al *show*. Estaban hasta arriba de todo. Corrían como guepardos y volaban como aviones. Y la gente encantada, claro. Por fin era un contenido audiovisual acorde a los tiempos. La táctica ya nada importaba. Nada. Solo el circo. Y, finalmente, cuando el partido acababa, venía lo mejor. Cámaras en los vestuarios permanentemente. Tertulias infumables donde se tiraban los trastos a la cabeza. ¡Los propios jugadores y entrenadores! Eso hicieron con el baloncesto, Pablo. Eso hicieron. Se lo cargaron todo. Y drogas, muchas drogas. Por más que pueda escribir aquí, no seríamos capaces de alcanzar a comprender. Tendrás que vivirlo para creerlo.

Y ahí no entrábamos los de antes. Había mucho dinero de por medio, Pablo. Muchísimo. Y poder. Un poder tremendo se había adueñado de lo que antes era un simple deporte. Pero ahora era un negocio que pellizcaba un buen porcentaje del PIB del país. ¿Sabes lo que es eso? No digo el PIB, me refiero a que si sabes qué implica. Claro que lo sabes. Significa que no hay nada más importante que eso. Nada. Y se hacen verdaderas atrocidades con tal de mantener el chiringuito. Secuestraron a mi mujer y a mi hija, Pablo. A mi mujer y a mi hija, joder. Siguen secuestradas. No es que vivan en un zulo ni las estén maltratando, pero estamos absolutamente amenazados y no me dejan verlas desde hace mucho tiempo. Jugaron conmigo. Tú me conoces. Sabes que no doy mucho de mí, que soy una pieza frágil del tablero. Una pieza fácil. Fácil de manejar. Y fui su títere. Su puto monigote. Amenazaron con matar a mi mujer y a mi hija si no hacía lo que me decían. No sé si serían capaces, pero, obviamente, no he tenido cojones suficientes para arriesgarme a comprobarlo.

Controlan muchos medios de comunicación, pero al final siempre podrían salir rendijas. Por eso no nos hacen desaparecer sin más. Primero porque sería muy fuerte hasta para ellos, y segundo porque así nunca nadie podrá siquiera sospechar. Lo tienen todo atado y bien atado. Y me dijeron que te hiciera lo que te hice. Primero fueron ellos, te metieron en una especie de habitación en la que no sé qué hicieron contigo. Intuyo que algo parecido a lo de *La naranja mecánica*, porque saliste de allí completamente grogui. Y luego, bajo la amenaza que te digo, me encargaron tu vigilancia. Tenía que mantenerte alejado de los focos y de la gente, dejar que el tiempo cambiara tu aspecto y, como sospechabas, drogarte regularmente para que siguieras en ese estado. Un estado que te hacía creer que todo iba aceptablemente bien, pero sabiendo que estabas acabado. Te hice creer cosas que no eran reales. A ti y a todos los que nos cruzábamos. Eso hacía que nadie te tratara como lo que fuiste. Por eso era, Pablo. Por eso. Pero era todo mentira. Todo. Iba calibrando cada situación para que no se me fuera de las manos. Pero se me fue. Se me ha ido. Y ahora mi situación no tiene solución. No hay salida.

No tienes ninguna enfermedad. Y no tuviste ningún *shock* traumático que nublara tu salida del baloncesto profesional. No fue la muerte de tu madre, que superaste con entereza. Y tampoco fue la muerte de tu mujer ni la huida de tu hijo a Estados Unidos. Claro que no. Por supuesto que no. Te diré más: tu hijo, el pequeño Mikel, te quiere. Joder que si te quiere. Siempre te quiso. Te adora y seguro que te echa mucho de menos. Pero le hicieron lo mismo que a ti. Solo así se aseguraban de que no trataría de volver a por ti.

Ahora lo sabes todo.
Todo.
Búscalos, Pablo. Búscalos a todos y sálvalos. Y cuando lo consigas, diles que les quiero mucho y que lo siento en el alma.
Un abrazo,

PEPE

CAPÍTULO XXIV

60

El funeral de Pepe es triste, solitario y deprimente. Ni un solo familiar. Ni un mísero excompañero de profesión. Solo nosotros y gente del club. Personas, sin contarme a mí, que hace poco entraron en su vida. Nadie más. ¿Dónde están las decenas de jugadores a los que ayudó, acompañó y, por así decirlo, «sirvió» durante tantos años? Ha acabado solo, hundido, deprimido y con una carta de despedida que te deja helado. Solo la he leído yo. No la he comentado con nadie. La policía encontró un sobre en su riñonera; dentro, ese par de folios de caligrafía excelente. Ante la ausencia de familiares optaron por hacérmela llegar. Iba dirigida a mí, de hecho. Era lo suyo. Aunque, legalmente, la situación tiene sus resquicios, me dieron una fotocopia con más miedo que vergüenza. Es como si no quisieran creerse o hacerse cargo de lo que en ella ponía. Menudo marrón.

La leí anoche. Cuando llegué al párrafo final, se me cayó al suelo y me tuve que sentar: me estaba mareando. Otro giro de tuerca más a mi vida. Parezco una puta peonza, no me jodas. Al final esto va a ser como *Men in black* y va a resultar que unos seres gigantes interestelares están jugando con nosotros como si fuéramos canicas. La parálisis aún me dura. Es total. Tanto que, como digo, no le he contado nada a nadie. Y cuando digo nadie, me refiero a Mavi, pues no encuentro ahora mismo ninguna otra persona en la que pudiera confiar.

Pero todavía no. Cada minuto que pasa estoy más despierto, más atento y más reflexivo que el anterior. El problema que tenemos entre manos, tal y como cuenta Pepe en su carta de despedida, es de unas dimensiones que ahora no alcanzo a calibrar. La supuesta mafia a la que tendría que enfrentarme parece muy poderosa y peligrosísima. Eso suponiendo que, en otro maldito giro del guion, Pepe no me haya soltado una amalgama de patrañas sin fundamento. No obstante, el riesgo bien merece la pena. Pero todo a su tiempo. No puedo dar pasos en falso, ya que la única persona que podía aportarme algo de luz sobre el asunto se quitó la vida delante de mí sin que pudiera hacer nada para impedirlo.

Hay un cura. Pepe no creía ni nada de eso. Es puro protocolo. Está diciendo cosas sin sentido que nada tienen que ver con la persona cuyo cuerpo descansa en esa caja que en breve será pasto de las llamas. Lo habitual, vaya. Como ni quiero ni sé rezar, decido ignorar las palabras del sacerdote.

Empiezo a tararear mentalmente versos de *Los toros en la Wii*, de Love of Lesbian, la canción que solía sonar en el vestuario cuando ganábamos un título. No tiene mucho que ver con la situación, pero es lo que mi subconsciente ha elegido para rellenar el hueco.

> Pequeña inmensidad, dulce anestesia.
> En blanco te dejaré, como dejo este verso.
> Porque tú conviertes las curvas en rectas.
> Entrar en ti.
> Nacer, pero al revés, huir ahí dentro.
> En tu oscuridad.
> Por ti sería una mezcla de beata y ramera.
> Dignísima gente rastrera.
> Fantástico.
> *Taratataratarara.*
> Fantástico.

Hasta siempre, hijo de puta.

Prometo luchar por encontrar a tu familia y decirles todo lo que lo sientes y lo mucho que les quieres.

Ahora arde, cabrón.

Y ve pidiendo una ronda.

CAPÍTULO XXV

61

—¿Y ahora, qué? —me dice Mavi.
—Ahora empieza la competición más importante de mi vida. Y de la tuya.
—¿Tengo derecho a estar un poco acojonada?
—Sí, pero menos que yo.
—Madre mía.
—Vamos a devolver el equilibrio a todo esto. Mi familia, la de Pepe...
—Honrar la memoria de mi padre.
—Honrar la memoria de tu padre.
Y salvar el baloncesto.
Eso no lo digo, pero lo pienso. Vamos a conseguir que el baloncesto vuelva a ser un deporte y no un espectáculo circense con saltimbanquis, bomberos toreros y yonkis de mala muerte.
Me entregan la urna con las cenizas de lo que podría ser Pepe o el cenicero de Joaquín Sabina después de diecinueve días y quinientas noches componiendo frente al papel, y pongo rumbo a la terraza del bar del polideportivo.
He citado allí a mis chavales. Una reunión, por así decirlo, previa al partido más importante del año. Qué cojones, al último partido de mi vida. Merece una despedida por todo lo grande. Y empezaremos desde hoy. Una conjura. A mediodía, eso sí, para que sus jóvenes aparatos excretores lo tengan

todo a punto, sin resacas, listos para ganar el partido de la mañana siguiente.

Se suceden los quintos, los tercios y las dobles jarras de cervezas de un barril que no tarda en escupir espuma violentamente. Entre chiste y chiste, anécdota y anécdota, me medio derrumbo por la situación y me desnudo emocionalmente ante ellos. No les cuento absolutamente ningún detalle del lío en el que estoy metido, pero básicamente me entrego en cuerpo y alma en forma de pegajosos agradecimientos. Ellos no saben qué me pasaba realmente ni qué ha sucedido de verdad; no obstante, supongo que lo que creen que me ocurre justifica mi comportamiento, porque no levanta ninguna suspicacia.

De la cebada pasamos al grano molido, y de ahí a los destilados. Con el segundo gin-tonic me ausento mentalmente.

Los miro.

Son un grupo de chavales verdaderamente formidable.

Mi equipo.

Mi puta familia.

Me doy cuenta de que en este jardín, aquí reunidos, están todos los que importan. O casi.

Suspiro.

—Almansa, mira en la aplicación a qué hora tenemos que estar mañana en el pabellón, que me voy a ir yendo.

—Voy —dice, obediente.

Silencio.

—Pablo, ¿qué día es hoy? —me pregunta.

—Sábado.

—No, no. De número.

—Veinticuatro.

—Pues el partido era esta mañana.

Y así, en cuatro mesas rojas correlativas con serigrafía de Estrella Galicia en la que hay más vidrio que en la catedral de Cuenca, nos miramos y nos damos cuenta de que somos gilipollas y de que hemos perdido la liga por equivocarnos de día.

—La madre que nos parió, joder.

Y nos descojonamos vivos.

Agradecimientos

Esta es la página de agradecimientos que siempre quise escribir. La de mi primera novela. Llevaba apenas unas páginas de ella y ya empecé a darle vueltas a la idea de a quiénes tendría que mencionar. No diré que ha sido un trabajo duro y largo, puesto que, aunque llevaba años dándole vueltas a la idea, he tardado relativamente poco en escribirlo todo. Sí diré que ha sido una experiencia formidable y que, sin duda, no será la última vez que haga esto. Ahora todo depende del amor que me deis.

A mis padres, Juan y Teresa, que siempre siempre siempre me han apoyado en todo lo que hago. Mis primeros y más fieles fans. Sin vosotros no sería literalmente nada.

A mis cuatro abuelos, que ya no están: Juan Sánchez, Belita Mendoza, Feliciano Pérez y Emilia Carrillo. Sé que habríais estado muy orgullosos y habríais presumido fuertemente en el pueblo de tener un nieto escritor. Pongo con orgullo aquí vuestros apellidos, a los que renuncié por intentar molar un poco más. No somos nadie sin los que nos trajeron hasta aquí. Poco se lo agradecemos y poco los queremos.

Todas estas páginas son en vuestro honor.

A mi Laura y a mi Pablo, con los que compartir vida cada día es una divertida, romántica y sonriente inspiración. Ojalá que, en el siguiente libro, en un parrafito como este, haya un nombre más, aunque sea en forma de cigoto. Guiño, guiño.

A ese equipo inconexo de lectores beta que me ayudaron y me aconsejaron desde que empecé a escribir, que me corrigieron cada punto y cada tilde: Quique, Víctor, Jesús y Andrea. Si ha quedado alguna incongruencia, es culpa suya, que hubieran estado más atentos. Muchas gracias, hijos de puta.

A todo el equipo de Roca Editorial que, sin conocerme, me acogieron y me orientaron como a un animalillo abandonado en esta jungla en la que me he metido.

A todas las decenas de miles de personas que en algún momento de su vida decidieron darle al botón «seguir» en alguna de mis redes sociales e hicieron que un gilipollas como yo llegara hasta aquí. Vosotros sois los culpables de todo, sinvergüenzas.

A todos aquellos seguidores de Instagram a los que pedí ayuda para rellenar algunos huecos de la novela con anécdotas curiosas que les hubieran sucedido en una cancha de baloncesto. Suyo es el mérito de alguna de las carcajadas o sonrisas que, espero, os haya sacado este libro.

A Pablo Laso, por permitirme coexistir con él, utilizar su nombre y tomarse siempre con tanto sentido del humor toda esta vida paralela que me he ido montando y que ha acabado por copar gran parte de mi día a día.

Gracias a todos, de corazón.

Volveré.

Índice

Nota del autor 9

Prólogo por Pablo Laso 11

Capítulo I 13
Capítulo II 25
Capítulo III 31
Capítulo IV 46
Capítulo V 54
Capítulo VI 63
Capítulo VII 71
Capítulo VIII 78
Capítulo IX 84
Capítulo X 92
Capítulo XI 101
Capítulo XII 107
Capítulo XIII 119
Capítulo XIV 127
Capítulo XV 129
Capítulo XVI 133
Capítulo XVII 138
Capítulo XVIII 143
Capítulo XIX 146
Capítulo XX 156
Capítulo XXI 163
Capítulo XXII 170

Capítulo XXIII 177
Capítulo XXIV 181
Capítulo XXV 184

Agradecimientos 187
Índice 189

Este libro utiliza el tipo Aldus, que toma su nombre
del vanguardista impresor del Renacimiento
italiano, Aldus Manutius. Hermann Zapf
diseñó el tipo Aldus para la imprenta
Stempel en 1954, como una réplica
más ligera y elegante del
popular tipo
Palatino

Antes todo esto era campo atrás
se acabó de imprimir
un día de primavera de 2021,
en los talleres gráficos de Liberdúplex, s.l.u.
Ctra. BV-2249, km 7,4, Pol. Ind. Torrentfondo
Sant Llorenç d'Hortons (Barcelona)